大自然的灵魂

[法] 儒勒·米什莱 著

徐知免 译

新星出版社 NEW STAR PRESS

图书在版编目（CIP）数据

大自然的灵魂 /（法）米什莱著；徐知免译．—北京：新星出版社，2015.7

ISBN 978-7-5133-1616-3

Ⅰ．①大…　Ⅱ．①米…②徐…　Ⅲ．①散文集－法国－现代

Ⅳ．①I565.65

中国版本图书馆 CIP 数据核字 (2015) 第 075345 号

大自然的灵魂

[法] 儒勒·米什莱 著

徐知免 译

选题策划：雅众文化

特约策划：简　雅

特约编辑：陈　彻

责任编辑：汪　欣

装帧设计：友　雅

出版发行：新星出版社

出 版 人：谢　刚

社　　址：北京市西城区车公庄大街丙 3 号楼 100044

网　　址：www.newstarpress.com

电　　话：010-88310888

传　　真：010-65270449

法律顾问：北京市大成律师事务所

读者服务：010-88310811　service@newstarpress.com

邮购地址：北京市西城区车公庄大街丙 3 号楼 100044

印　　刷：山东临沂新华印刷物流集团有限责任公司

开　　本：880mm × 1160mm　1/32

印　　张：6.5

字　　数：108 千字

版　　次：2015 年 7 月第一版　2015 年 7 月第一次印刷

书　　号：ISBN 978-7-5133-1616-3

定　　价：36.00 元

海

山

鸟

虫

鸟*

* 1853年，米什莱偕妻定居于南特近郊时创作此辑。翌年秋，他们迁居哈弗尔附近海滨，在一所可以俯临埃弗岬角的房屋里继续写作，于1856年完成。他对鸟类十分同情，对人们残害禽鸟的行径非常痛心。因此他想通过描绘鸟的美丽、伟大和对人类有益这些方面劝谕人们爱护鸟类。

阳光与黑夜

鱼的世界是静静的世界。俗话说："像鱼一样沉静。"

昆虫的世界是夜的世界，它们怕光。昆虫中即使像蜜蜂那样，白天劳动，可是它们还是喜欢黑暗。

鸟的世界是阳光和歌唱的世界。

万物生长靠太阳，一切都在它的照射下欢腾鼓舞。南方的鸟儿翅膀浸染着阳光；我们这里的鸟儿把阳光放进歌唱；还有许多鸟儿追逐太阳，四处翱翔。

圣·琼[①]说："瞧，早晨它们礼赞朝阳，向晚又虔诚地聚集

① 圣·琼（Saint-John），当时的一位英国博物学家。

在一起，看落日在苏格兰海岸缓缓下降。黄昏时分，大松鸡飞上最高的杉树枝头瞭望，不断摇晃着身子眺望，这样，它看到太阳的时间更长。”

对于它们，阳光、爱和歌唱都一样。倘若你要让捕获的夜莺在它们不发情的季节里歌唱，你就用布蒙住笼子，然后突然还给它亮光，它准会引吭高歌。野蛮人把倒霉的燕雀眼睛弄瞎了，催它迸发出绝望而悲痛的鸣叫，它用声音为自己创造出和谐的光辉，用内心的热情为自己创造出新升的太阳。

阳光于宇宙万物都意味着安全。

无论是对于人类还是动物，阳光都是生命的保障，就像令人安详、和平、静穆的微笑，大自然的坦诚一样。阳光使在黑暗中追逐我们的恐怖却步，使梦幻的烦恼和痛苦消失，使困扰灵魂的骚乱思绪逃遁得无影无踪。

长期以来人类群居宴处，已经不了解生活在旷野中的艰辛恐惧、了无防卫之苦，大自然那可怕无私的律令致人死亡，跟给予生命一样。你祈求，也是徒然。大自然回答人类：“我必须喂饱我的狮子。”

请你在旅行中仔细看一看荒僻的非洲那迷了路的不幸者的恐惧吧，请看一看可怜的奴隶在逃脱了人类的凶残之后又遇上了残酷的大自然时的恐惧吧。多么焦虑和痛苦啊！落日之后，成群的豺狼，充当狮子的可怕前哨，开始转悠起来，它们远远地陪侍着它，或是在它前面用鼻子到处乱嗅，或是跟在它后头，像搬运尸体的伕子那样！它们朝你悲号，说道：“明天，让别人来收拾你的骨骸吧。”这是多么巨大的恐怖啊！而这一切就发生在你身边……它看着你，凝视着你，它那青铜铸的喉咙里发出低吼声，对它面前活生生的猎物喑呜叱咤、喝令、把它吃掉！马也支撑不住了，它浑身颤抖，冒冷汗，直立起来……人蹲在那儿，腹背受敌，这时若是他能点起火来，还有一点力气把火烧得旺旺的，这光亮的壁垒就是唯一足以保护他生命的东西了。

夜对于飞禽也是非常可怕的，甚至在我们这个危险仿佛比较少的地方也如此。黑夜里隐藏着多少妖魔鬼怪，在那一片漆黑之中有多少令人惊骇的东西啊！夜间来袭的敌人一般都是这样，悄悄地猛扑过来。枭用寂静无声的翅膀飞翔，像是足下垫了棉花；苗条的臭鼬巧妙地钻进鸟窝，连一片树叶都没碰到；性情暴烈的榉貂嗜血成性，那样迅疾，只一下子就叼住亲鸟和幼雏，扼杀了全家。

一旦有了幼雏，鸟儿似乎对于这些危险产生了一种新的看法。它必须保护这个弱不禁风的穷家；走兽还比它好得多，因为幼兽生下来就会走路。但又能怎样保护呢？它几乎只能待在那儿等死；它飞不起来：爱折断了它的双翼。整夜，父亲看守着狭小的鸟巢入口，不睡也不困，历尽辛劳，用它那脆弱的喙和不住摇晃的脑袋去抵挡危险。如果它看到面前突然出现一条蛇，张开血盆大口，圆睁着无限巨大的可怕眼睛，那该怎么办?

对于任何生物，甚至对于被保护的幼雏，夜晚都是最大的威胁。荷兰画家很能抓住这一点，并把它从放牧在草场上的牲畜身上表现出来。马自动走近了同伴，把头贴在它身上。母牛领着小牛犊返回栅栏，一心只想着进入棚屋。这些母牛有了一所棚屋，一个居所，有了足以逃避夜的陷阱的歇息之地。而鸟儿，却只有一片树叶!

清晨，恐怖敛迹，暗影消逝，小小的灌木丛被朝暾照耀得亮堂堂的。巢边有鸟语啁啾，噪成一片！它们仿佛是在互相祝贺，喜庆重逢，大家都还活着。接着就开始歌唱。云雀从田沟里出来，又飞又唱，把地上的欢乐带上天空。

云雀

云雀是最典型的田野里的鸟儿，是庄稼人的珍禽，她总是殷勤地伴随着他们。在艰辛的犁沟中间，到处都有她的足迹。她给他们鼓劲、加油，为他们歌唱希望。希望，这是我们高卢人的古老名言，正因为如此，大家把这种平凡的鸟儿尊为“国鸟”[①]。她的羽毛并不美丽，然而天性勇敢，充满欢乐。

大自然似乎有些亏待云雀。她的脚爪长得使她不适合在林间栖息，她只好就地筑巢，与野兔为邻，田沟是她的穹庐。当她孵化幼雏时要度过多少动荡不安、充满风险的日子啊！无数的

① 在罗马人征服高卢以前，高卢人把云雀作为民族徽记之一。

烦忧，无数的忐忑不安！一片浅浅的草皮怎么能为这位母亲掩藏起她的小宝贝儿，抵挡住狗、鸢和鹰隼的窥伺呢。她匆忙地把小鸟孵化出来，又匆忙地把颤颤抖抖的幼雏抚养长大。谁能想到这不幸的鸟儿和她那忧郁的野兔邻居有着同样的悲怆呢！

此物多愁结，惊惧噬其心

——拉·封丹

然而由于她生性乐观、善忘，或者你要愿意，也可以说她轻率，总之充满了法兰西式的乐天精神，于是相反的情况发生了：一旦脱离险境，“国鸟”又重新获得静谧，又像从前那样歌唱，显示出无法抑制的喜悦。更令人惊奇的是：她多灾多难的动荡生活、那无数残酷的苦难并没有使她的心变得麻木无情；她仍然那样快活、善良、合群，满怀信心，她具有这些稀有的优秀品质，堪称鸟类中友爱的模范；云雀像燕子一样，必要时还会哺育自己的小姐妹们呢。

有两样东西支持并鼓舞着她，那就是阳光和爱情。一年之中她有半年在恋爱。每年有两三回，她得承担起做母亲的多灾多难的幸福，忍受着无数风险去尽那份哺育的辛劳。在没有爱情的时候，她拥有阳光，阳光令她兴奋。只要有一抹阳光，她就会引吭高歌。

她是白天的女儿。每当晨曦降临，茜红微微染上天边，太阳即将升起的时候，她就像箭一样从田沟里直冲出去，在天空中高唱起欢悦的颂歌。这是一首神圣的诗篇，像黎明一样清新，像童心一样纯洁、快乐！这嘹亮而有力的声音正是收获的信号。“走吧，”父亲说，“你们没听见云雀在召唤吗？”云雀跟随着他们，不停地给他们鼓励；到了炎热的中午，为他们驱赶虫蚋，连连催他们进入梦乡。她把流泉般的柔和曲调倾泻在少女侧过的蒙眬欲睡的头上。

燕子

如果你用手抓住燕子，逼近审视，老实说，这实在是一种既丑陋又古怪的鸟儿；但是这正好跟她是最典型的飞禽密切相关，她是鸟类中最擅长飞行的鸟儿。大自然为了达到这个目的，把其他一切都牺牲了：不重外形，只顾动作灵活；把她制作得非常巧妙，使这只鸟儿歇下来时很难看，可一旦飞起来，它却成了所有飞禽中最优美的品类。

镰刀似的双翼，突兀的双眼，没有颈脖儿（这是为了使她气力倍增）；脚爪细微到几乎看不见的程度：一身翅膀。她的大致特征如此。还该加上一张特别宽阔的喙，老是张着，在飞行中时张时合，吞食蠓虫。

燕子就是这样，在飞行中吃喝，在飞行中沐浴，也在飞行中养幼雏。

虽然说她比不上鹰隼的那种扶摇直上、雷霆万钧之势，但是她的飞翔却自由得多；她在天空盘旋，转上千百个圆圈，穿梭似的时来时往，勾画出无数不定的迷宫似的图案和种种形状不一的曲线，这时要有仇敌堕入其中会不禁眼花缭乱，晕头转向，不知所措，往往令他劳累得筋疲力尽，只好就此打住，放开她，可她却依然毫无倦色。她真是一位空中王后，由于动作无比灵活，整个空间都属于她了。有谁能像她这样在迅速冲刺和急转中随时改变方向呢？没有。用各式各样、变化莫测的方式去捕食那些总是微微摇曳着的猎物，如苍蝇、库蚊、金龟子和千万种漂浮的、不沿直线飞动的昆虫。这无疑是最好的飞行训练了，这使得燕子凌驾于一切飞禽之上。

大自然为了做到这一点，为了使这对独一无二的翅膀诞生，于是拿定主意，略去了她的足部。在教堂里有一种形体较大的燕子——我们称之为雨燕——足部已经完全萎缩，但翅膀特别发达。据说雨燕每小时能飞行八十法里，这种惊人的速度堪与海洋中的战舰鸟相埒。战舰鸟足部也极其短小，而雨燕身上，脚爪只是一个小桩桩儿，一停下来就贴到肚子了，因此，她从不停歇。跟别的生物相反，她只在运动中休息。这种鸟儿从教堂的高塔里一出来，就悬身空际，空气温柔地摇曳着她，轻轻地托住她，使她倦意全消。如果她想栖息，只能用她那双柔弱的脚爪钩住什么。不过她要是想蹲下，那么就只有歪歪倒倒地像个瘫子，她感到地面坎坷不平，崎岖难行，身子站立不稳，这一下这位飞禽中的翘楚就堕入了爬虫之列。

从某地展翅起飞，对她来说是最困难的了，因此她总是栖息在高处，这样只要一振翅身子就自行飘落，翱翔空际。她多么自由自在。然而在起飞前她不过是个奴隶，当她栖身某处时，随便什么人，一伸手都能把她捉住。

这种鸟的希腊名字叫A-pode[①]，这就足以说明一切了。在燕子这个大家族中总共有六十多个品种，遍布全球，以她的优雅风度、飞翔和呢喃的鸣声，使大地平添了喜悦和愉快。正因为形状丑陋，只有很细小的一双脚，她才获得了所有这些珍贵品质；她的天赋，她绝佳的飞行艺术使她居于飞禽之首；而另一方面她也是经常留驻、最眷恋故巢的羽类。

这种特别的种族，足部对双翼丝毫没有帮助，对于幼雏，只是教育他们学习运用翅膀和进行长期的飞行训练。幼雏会待在巢中很长时间，需要母亲照料，给他们无限预见和抚爱。

---

① 意为“无足”。

这也是百鸟中活动最为频繁的一族，夫妻恩爱，他们的巢不是临时的同居之所，而是真正的家庭，是互相帮助，牺牲自我，不畏艰苦地哺育幼雏的圣地。雌燕是温柔慈爱的母亲，忠实坚贞的妻子。我还知道什么呢？年轻的姐妹们都忙于帮助母亲、担当家务、保育婴幼。雏燕对于比他们更幼小的乳燕则相濡以柔情，给予照料和教育。

和谐的温带地区

这是为什么呢？燕子和许许多多别的鸟，常把自己的巢筑得离人很近。又是为什么？它们与我们做朋友，参与我们的劳动，并用自己的歌声使劳动变得轻松愉快。而又是为什么？这种亲密而和谐的幸福情景，正是大自然的目的，可却只有在温带地区的气候下才有呢？

这是因为，鸟和人这两部分，在这里摆脱了那无法忍受的厄运，而在南方，这厄运把他们分开，并使他们对立。酷热，使人衰弱无力，相反却刺激了鸟类，使它们变得热情活跃，焦灼不安，尖刻激烈，这些情绪都通过嘶哑的叫声反映了出来。在热带地区，这两部分是完全不同的，虽然同是专制、暴虐的大自然的奴隶。而这不同，正是这大自然强加给他们的。

从那种气候转入我们的气候，便是进入了自由。在那里，我们忍受大自然，而在这里，我们主宰她。

这里的大自然天生适合于我，她是我的合法妻子，我认出了她。首先，她与我相像，和我一样严肃认真，吃苦耐劳。她本能地热爱工作，坚韧而有毅力。她更迭的四季平分了年这个大日子，就像工人的一天，从做工到休息互相更替。她不免费赠送任何成果，她只提供能带来一切成果的东西：技能、积极性。

如今，我多么欣喜地在其中找到了自己的形象，找到了我的一丝意愿，找到了我辛勤而智慧的创造！经过我的深加工，被我完全改变了的她，向我讲述着我的业绩，向我本人再现着我。我还是像从前那样看待她，那时，她还没有经过人的这番创造。

乍一看，她是单调、忧郁的，可她给我们提供了与别处迥然不同的森林和草场。

英国和爱尔兰有美丽的绿地毯，那上面的草永远在更新，形成的草地柔嫩而又轻软——不同于粗糙毛屑似的亚洲大草原，不同于非洲多刺而怀有敌意的植物，也不同于粗野竖起的美洲大草原，在那里，连最细小的植物都是木质的，是坚硬的乔木状的。欧洲的草场因其为时短暂的一年生植物和香气淡雅的朴实小花，具有一种青春性，明确一点，具有一种纯洁性。它和我们的思想相协调，并清凉着我们的心。

这片谦恭而柔顺的草，无意长得更高，而在由这片草构成的表层，一些茁壮无比的树却显现出其强烈的个性，与之形成了对照。它们和南方森林中杂乱无章的植物迥然不同，谁能在一大堆藤本植物、兰科植物、上千种寄生植物中分辨出树来呢？要知道那些树本身也是草本的，在那里被湮没了，而在我们高卢和德国的古代森林里，坚强而肃穆地耸立着榆树和橡树。它们生长缓慢，质地却非常结实。胳膊多节、心肠坚硬的植物英雄，在八或十个世纪中一直是胜者，现在却被人类打倒了，与人类的工程联系在一起，向它们传递着大自然作品的永恒性。

树如此，人亦如此。但愿我们有可能像它，像这强壮而和平的橡树，其强大的吸收作用集中了一切养分，并把它们变成严肃、有用、持久、坚实的个体。大家都无限信任地向它寻求支持和庇护，而它，则向各种动物伸出援助之臂，用它的树叶来遮蔽它们！同时，它们则满怀感激、不分昼夜地用上千种声音，为这庄严、肃穆、古老的时间见证人增添着轻松和愉悦。鸟儿们用歌声、爱情和青春向它致谢，为它慈父般的绿荫增添着魅力。

西方气候下的毁不掉的活力啊！这橡树为何能活上千年？因为它年年青。春天何时来临，是由它来注明的。当整个大自然被蒙上一层均匀的绿色时，对我们来说，新生命的激情并没有开始，因为那不过是些不起眼的植物。而当我们看见橡树从它那还留着的去年叶子的叶丛里抽出新叶时，春天才开始了。而这时，榆树让急不可耐的低等树从面前过去，它自己那淡绿色、柔嫩、朴实、轻盈的小树枝，则细致地显现在天幕上。

于是，大自然对万物说话了，她强大的声音甚至搅乱了智者的心灵。这突如其来的觉醒展现了全部的生命，从橡树坚硬而沉默的心，直到它们的至高点——鸟儿快乐歌唱的地方。这觉醒难道不像是上帝的归来吗？

我在油橄榄树、橘子树保持常绿的气候下生活过。这些优质树很美，非常出众。我并非不赏识，我只是无法习惯它们那一成不变、单调永恒的服装，其绿色和天空永恒的蓝色相呼应。我总在等某件事，等一种更新，然而它没发生。日子一天天过去，可全是一个样。地上没少一片绿叶，天上没少一朵轻云。“行行好，”我说，“永恒的大自然！你给我造了颗多变的心，那你起码要给我来点变化呀。雨呀，泥呀，暴风雨呀，我全接受，可也得让变更这一概念从天上地下回到我脑子里来啊，得让每年新创造出来的景象唤醒我的心，给予我希望啊，即希望我的灵魂可以重塑和重生，希望通过睡眠、死亡或冬天的交替，可以创造出新的春天来。”

人、鸟儿、整个大自然，我们在说着同样的话，我们是因为变化而存在的。寒来暑往，日出雾散，喜现忧去，这些明显的交替皆归于我们西方的素质、强烈的个性。今朝雨下得叫人心烦，而明日又会是个艳阳天。东方的华丽之物、热带的奇异景观加在一起，也比不上复活节的第一朵紫罗兰，四月的第一支歌，花满枝头的英国山楂树，又穿上白裙的少女的喜悦。

早晨，一个大嗓门响起来了，声音饱满、清晰异常、尖锐刺耳，那是乌鸫在唱，连苦恼的人、忧伤的老者都忍不住会绽露笑容。

一个春天，我去里昂，途经马孔的葡萄园，当时人们正在扶植葡萄树。我听见里面有个女人在唱歌，只见她又穷又老，还双目失明，样子很可怜，可那声调却格外欢快，唱的是这支古老的乡村歌曲：

我们脱下了大衣裳，

再把那小件的来换上。

啄木鸟

若提起啄木鸟所受到的种种诬蔑和迫害，这该绝不会是劳动者的理想吧。它的那些卑微的同类遍布于东西两半球，它们为人类服务，教育并感化人类。这种鸟儿的毛色是各式各样的，辨认它的共同标志就是这位好工人通常在它那肥厚结实的脑袋上罩着一顶猩红色风帽。它干活的工具是它那方方正正的喙，既可当镐当锥，又可当凿子和刮刀使用。它的腿矫健有力，坚韧而笃实的脚再配上一副乌黑的铁爪，使它能稳稳地攀定在枝柯上，除了清晨，整天都保持着那份怪不舒服的姿势，上上下下到处敲打。每天一早，它总是先活动活动身子，舒展一下肢体，就像那些优秀的劳动者那样，为了不致中途撂开手上的活儿、在开始工作以前先得做一番准备动作似的，随后，它就专心致志，长长地啄上一整天。时间很晚了，我们还听得见它的声音，它一直工作到深夜，这样能多干好几个钟头呢。

它的体质颇能适应此项艰苦的生活。它那总是绷得紧紧的筋骨使它浑身肌肉变得非常结实，硬如皮革。它胆囊很大，仿佛显示出它那种多胆汁的、激烈的、猛力干活的禀赋；尽管如此，它可并不那么容易动怒。

对啄木鸟做出最中肯评价的莫过于北美洲印第安人了。这些英雄[①]认为啄木鸟是鸟类中的英雄，他们最喜欢用这种鸟儿的头部装饰自己。对于这样打扮的人，大家就称之为“象牙嘴儿的啄木鸟”，并认为这样做能把飞禽的活力和勇气带给他们。印第安人深沉的信仰，还有经验，都证明了这一点。只要常常看到这十分生动的象征，坚定的心就会感到更加坚定；他们想：“我的力量、我的坚贞，一定要跟它一样。”

不过，值得注意的是，如果说啄木鸟是英雄，那么它首先应当被称为爱劳动爱和平的英雄。除了已有的各种条件之外，它什么都不多要。它的喙很可怕，也极其锋利，具备这些不为别的目的，而是为了战斗。工作令它着迷，其他任何好勇斗狠的事

---

①指印第安人战士和猎手。

都不能打动它；工作需要它全力以赴，于是它一心就扑在工作上。

它的劳动纷繁而复杂。它是个既机灵又富有经验的护林好手，首先它使用槌子——就是它的喙——检验一下树干。它像医生听诊那样，谛听这棵树木怎样回响，树在说什么话，树里面有着什么东西。现代医学上使用的听诊法正是千万年来啄木鸟的主要技能。它叩询，探索，运用听觉去仔细观察千疮百孔的树身上那些深深凹陷进去的洞穴。这棵树，表面看上去躯干巨大，健硕强壮，还被特别标出可供建造海上船舰之用，而啄木鸟真是高明啊，它判定此树内部早已虫螨丛生，蛀蚀殆尽，完全腐烂了；如果用来造船，船身必然断裂，或致漏水，甚至沉没。

经过反复检查之后，啄木鸟独膺重任，将身固定于树，开始施展起本领来。这棵树的树干早已是空空荡荡，腐朽不堪；洞穴之间，万虫攒动，俨如城寨，必须对城门猛击一番才是。你瞧，经过这一击，那里的公民们步伐杂沓，一片混乱，纷纷溃散，有的翻越城墙，有的从地下水道潜遁。它们本应有些士兵放哨警戒才是，可是并没有。我们这唯一的进攻者目光炯炯地监视着，还不时瞅瞅后面，准备飞快地伸出它那小蛇似的长舌，把所有落荒而逃的家伙一网打尽。追捕本无十分把握，得手后却赢得一副好胃口，使得它对此产生了异常浓厚的兴趣。它透过树皮和木质层看到内部，望见敌寇惊恐万状，狼奔豕突。有时，它觉得有些被围者可能还躲藏在树身的某个秘密处所，于是它迅速将身子不断向下移动。

一棵外表健壮的树，实际上内部早已蛀空，对于关心城邦命运的爱国者来说，这确实是一个触目惊心的可怕景象。罗马，在共和国濒临衰微之际，也跟树木一样。有一天，在这城市的公共集会上，突然飞来一只啄木鸟，刚好跌落在行政执政官手上。众人皆大惊，忧思不已。他们召请神明，神明降谕：如果留下它，则只殃及自身，即将它握在手中的人。此人是谁？就是执政官自己。这样，执政官艾里乌斯·杜贝罗立刻将鸟杀死，他本人亦随即殒命，而共和国却继续绵延了两个世纪。

鸟的鸣唱

也许有人会注意到，如果家中来了客人，交谈热烈，宾主尽欢。那么关在笼子里的鸟儿必然会以它们的方式加入，啁啾或鸣唱。

这是它们普遍的本能，甚至在自由时亦如此。它们是上帝和人类的回声。它们附和声音，附和说话声，并加上它们自己的诗，及其天真、原始的节律，或类似，或成对比，总之，它们增添和完善着大自然的伟大效果。波浪的拍击声是低沉的，相反，海鸟的音符则是尖锐、刺耳的；摇曳的树发出的是单调的沙沙声，而斑鸠和百鸟却赋予其温柔而忧伤的叠韵；乡村苏醒了，田野里呈现出一片欢快，云雀用歌声与之相呼应，把大地的喜悦带上了天空。

因此，在大自然的大型乐器演奏会上，在这神奇的管风琴奏出的深沉的叹息之上，喧嚣的海涛之上，突现出一种乐声，那是鸟类的音乐，是用琴弓热情奏出的，而且几乎总是一些高音，与低沉的背景音恰成对照。

这带翅膀的声音、热烈的声音、天使的声音，发自于一种紧张，繁忙，流动多变，却比我们的生活更加优越的生活。它使固定在田野上的劳动者，思想更加恬静，并向往自由。

春天到了，植物的叶子又长出来了，其生命得以更新；同样，鸟儿回来了，它们又在恋爱，又在鸣唱了，动物的生命也得以更新，恢复了活力。

世界这一高级层面的美好、伟大的现象，便是大自然以叶和花开始她无声的音乐会。她的三月、四月之歌，她的五月交响曲之时，全体人类和鸟儿，都随着这和声颤动，并有了节奏。此时，最弱小的鸟儿成了诗人，而且常常是卓越的歌手。它们为自己的爱侣歌唱，因为它们想赢得对方的爱情；它们为聆听者歌唱，而且出于好胜心，纷纷做出了惊人的努力。人类也呼应鸟儿，他们在对歌。这样的和声在炎热的气候下是从未有过的。在那里，鲜艳的色彩取代了悦耳的声音，而它不可能创造出这种纽带来。那里的鸟儿尽管羽毛华贵亮丽，却依然孤独。

与那些鲜艳夺目的精品鸟相比，我们这里的鸟类外表朴实而内心丰富，因而贴近穷人。它们不大，而且很少寻找美丽的花园、高雅的小径、大公园的树荫落脚，它们全都与庄稼人生活在一起。上帝使它们无处不在：树林、灌木丛、林中空地、田野、葡萄园、潮湿的牧场、池塘芦苇和山林，甚至白雪皑皑的山顶，到处都有它们这长翅膀的一族。不论什么地区，不论地势如何，都有这悦耳的声音。因此，人类不论到哪里，都能找到一支快乐和慰藉的歌。

天刚蒙蒙亮，牲畜群的铃铛刚刚从牲畜棚里响起，鹡鸰便准备为它们带路，并围着它们蹦跳。它和牲畜打成一片，和牧羊人亲密相处。人和牲畜都喜爱它，因为它使牲畜不受昆虫的侵扰。它大胆地停落在奶牛的脑袋上和绵羊的背上。白天，它几乎与它们形影不离，直到忠实地把它们带回黑夜。

白鹡鸰坚守岗位，它围着洗衣女飞来飞去；它迈开它那双长腿一直跑到水里，并讨要面包屑吃；出于一种奇特的模仿本能，它会把尾巴上下摆动，像是为了表示自己也在干活，以此来挣取自己的工资。

“任何一种鸟的歌喉，”图斯奈勒说，“都敌不过云雀的歌喉。其唱腔丰富而多变，音色浑厚而圆润，声音稳定而悠长，声带柔韧而不倦。”云雀可以毫不停顿地一口气唱上一个钟头，笔直地升到空中，直达千米高度，在云区御风飞行，以到达更高处，行程如此之广，却不会丧失一个音符。

这阳光之歌，是给予世界的恩赐。在阳光普照的整个国家，几乎都可以找到它。有多少不同的地区，就有多少种云雀：林中云雀、草地云雀、灌木云雀、沼泽云雀、普罗旺斯省克洛平原云雀、香槟省白垩云雀、属于不同世界的北极云雀，你还可以在盐碱地的大草原、被可怕的塔塔尔海峡的北风吹干的平原上找到它们。这是可爱的大自然坚持不懈的索取，是上帝慈母般的亲切抚慰！

可是秋天来临了。当云雀在耕犁后面收获昆虫时，北极地区的客人到达了：斑鸫恰恰在我们收获葡萄时赶到，它头顶王冠，气宇轩昂，俨然是北方之王，不过我们察觉不到罢了。在大雾弥漫的天气里，从挪威飞来了戴菊莺。在巨大的枞树下，小魔法师唱着它那神秘的歌，直到严寒降临，它才决定下来，加入到鹪鹩的行列中去，成为它们中的普通一员。小鹪鹩则是与我们同住的，它们用自己清脆的音符来取悦我们的茅屋。

季节变得严酷了：所有的鸟都在向人类靠拢。正直的灰雀，忠实温和的一对儿，凄凄切切、细声细气地前来求助。冬莺也离开了灌木，天快黑时，它鼓起勇气来叫门，声音微颤、单调，带着哭腔。

在十月的头几个雾天里，快到冬天时，可怜的无产者到森林里去取他那些数量不多的越冬用的木柴。一只小鸟被斧子声所吸引，飞近了他，在他身边转来转去，为他轻轻地唱着它最温柔的小曲，想方设法热情地对待他。这是好心的仙女派来的红喉雀，是为了告诉孤独的劳动者，大自然中还有人在关心他。

樵夫把前一天砍下的、埋在灰烬里的烧焦木柴，一根根堆在一起，而刨花和枯树枝在火焰中噼啪作响。这时，红喉雀唱着跑来，与火共舞，与人共乐。

大自然睡着了，并裹上了她的雪大氅；人们再听不见别的声音，只能听见北方鸟的叫声，这些鸟在空中显现出它们那尖锐的三角形；或北风的呼啸声，它拼命地往小茅屋的屋顶里灌。这时，一种如笛声般的、抑扬低回的小唱，以创造性劳动的名义，又前来抗议万物的死气沉沉、服丧和停工：行行好，开开门吧，给几粒面包屑、一点谷子。如果它见到的是友善的面孔，便会进到房间里来。它对火并不是无感觉的。这可怜的小鸟来自冬天，经过这短暂的夏天，再回到冬天去时，体力就会有所增强了。

图斯奈勒愤愤不平地认为，没有一位诗人歌颂过红喉雀。

他并不是没有道理。可是这鸟儿本身就是它的诗人。如果有人能把它的诗写下来的话，便会发现，它完美地表达了蕴藏在它生活中的朴实诗意。在我家书房里飞来飞去的这只，因为没有同类来听，它便停在镜子前，也不打扰我，对着在另一面出现的想象中的红喉雀，低低地诉说着它全部的思想……

会唱歌的夜莺

从前那个著名的克莱尔草地，就是今天的圣·日耳曼市场[①]。大家都知道，每逢礼拜天这里是巴黎的鸟市。这地方名目繁多，非常有趣。可以说这是一所占地辽阔、经常更新的动物园，堪称法国鸟类学方面、活动的、饶有兴味的博物名苑。

此外，这么一个拍卖捕获动物的去处，许多飞禽不免总强烈地表现出一种被囚禁的味儿。这些鸟儿像奴隶似的被商人们陈列售卖，百般夸耀，令人想起东方的那些奴隶市场[②]。这些长着翅膀的奴隶，尽管不懂我们的语言，却也多少流露出奴隶的

---

① 此文作于1855年，当时这个市场已不存在。
② 影射当时某些伊斯兰国家还有奴隶市场。

哀愁：其中有些固然天性温驯；但是也有些神情郁郁寡欢，好像在渴望自由；还有一些鸟儿看上去仿佛在跟你招呼，示意过客停步，好把它们买去，它们只求能有个好主人。不知有多少回我们看到一只聪明的金翅鸟，或是一只娇态可掬的红颈鸟，凄楚地凝望着我们，那眼神分明在说：“请买下我，好吗？”

今年夏天，有个礼拜日，我们到那里参观。这可是一次永远也忘记不了的参观。

这一天，在这座市场上鸟儿中，最漂亮的要数一只黄莺了。人们把这位珍贵的鸟中艺术家像一颗无双的宝石似的特别放在架子上其他所有鸟笼的上方。它轻盈而妩媚地飞舞着，光艳动人。经过长期驯养之后，它好像已经习惯于幽禁生活了，毫无怨怼，处处给人以温馨愉悦之感。这显然是一个美丽尤物，轻歌曼舞，通体谐和，我看到它在跳跃，简直就像听见它在歌唱。

在它的下方，一只寒碜可怜、极其狭小的笼子里，杂沓凌乱地拥挤着六只体型大小不同的鸟儿。有人让我审视其中一个我简直分辨不清的囚徒，这就是今天早上刚刚捉到的夜莺。卖鸟儿的玩弄诡计，把新来的俘虏放在一群愉快的、久已习惯于幽禁的小小奴隶中间。这些小鷦鷯本来就是生在笼子里的，出生还没有多久呢。我想，那商贩总是仔细盘算过的，当夜莺看到周围这份天真的欢乐情趣时，兴许会忘记自身无数的烦忧吧。

这种悲怆肯定远远比用眼泪表达出来的任何忧愁更加动人，无言的悲哀深深地藏在心中，但愿永远是黑暗一片。它缩在笼子深处的阴影里，一只小食槽半掩住身子，羽毛贲张，双目紧闭。那群得宠的、喧腾的小家伙在又调皮又鲁莽地嬉闹，推推搡搡，碰撞着它，可是它只是一动不动，连眼睛也不愿睁开。显然，它不想看，也不想听，不肯吃食也不自慰。我感觉到这种自愿与世隔绝的状态正是它在极度痛苦中的一种力求解脱，它仿佛蓄意自戕，在精神上迎接死亡，尽可能地闭目塞听，屏气静息地死去。

你该注意到在这种状态中，它却毫无怨恨、辛酸或愤怒之情，一点也不像它的邻居——那位暴躁的燕雀那样，挣扎得那样猛烈，那样难过。甚至那些幼稚无知的小鸟，对它既不关心也不尊敬，不时冲压到它身上，但这并不会使它表现出任何不耐烦的容色。它显然在说："对于已经死去的，这又有什么呢？"尽管它双目紧闭，我仍然看得出它的心思。我感觉到一位艺术家洋溢着温馨和光辉的灵魂，对于世俗的野蛮、命运的坎坷，既不恼恨，也不峻拒。

怎么不能称它为艺术家呢？它具有人类所罕见的高雅风格，一切艺术家的品质，优点缺点在它身上都十分丰富。它既孤僻又惧怕，多疑然而并不狡猾。它不顾自身安全，老爱单独外出，到处遨游。它嫉妒得要命，在这方面堪与燕雀比拟。从前有一个历史学家在描写它时写道："它纵声高唱。"它挺得意地百啭娇啼，它最爱定居在有回声的地方，以聆听并时时予以应答。人们看到它在囚笼中烦躁不堪，时而白天久久睡眠，做着激动的梦，时而又挣扎、提防、力求摆脱。它的神经痛，还有癫痫老是发作，纠缠无已。

它仁慈，但也凶猛。我来说明，对于弱小，它的心是温柔的：如果你把一些孤儿交付给它，它会负责关怀，时刻放在心上。它即使是雄性又已年迈，但却会像妇女那样，哺育并仔细照料幼雏，无微不至。可另一方面它对猎获物却极其凶残，贪婪而狼吞虎咽地吃下去。在它心中燃起的火一般的热情几乎总是使它保持消瘦，并使它感到需要新奇，这也是人们容易捕捉到它的原因之一。一清早，特别是四五月间的早上，当它唱了一夜的歌之后，猎人只要装上个套子就能捉到它。黎明时分，它精疲力竭，既虚弱又贪食，常常盲目地扑向诱饵。它很好奇，这样，为了想看到一些新的东西，它自己反倒上了钩。

一旦捉住，若是你不注意把它的翅膀扎起，或者不把笼子蒙好，外面护上厚棉垫，它准会惊悸地乱蹦乱跳而死。

这种剧烈行动不过是表面现象——它的内心特别柔和而驯良，正是如此才使它高尚其志，成为真正的艺术家。它不但最富灵感，而且还最有教养、最文明，也最勤劳。

你瞧，这些幼雏团团围住它们的父亲，注意听它说话，求长进，练嗓音，一点一点地纠正错误，改掉开蒙时刺耳的腔调，使自己的声音变得柔和起来，这个场面多么动人！

你看到它在自学中成长起来，比拟，提高自己，慢慢地、怪得意地讲述新的题目，何等有趣！这份毅力，这份认真，出于对艺术的崇敬和一种内心的虔诚，这正是艺术家的品德，它神圣的加冕礼，这使它卓尔不群，不屑与那班虚伪的率尔操觚者为伍。那些无意识的呓语、絮絮叨叨，不过是大自然的回声罢了。

那么，爱情和阳光大概都是它的起点吧。艺术本身以及爱美之心，虽然仅仅隐约可见，但却强烈地令人感到这都是滋润它心灵的第二甘泉，并予它以清新气息。一旦向无穷开放之后，其发展是无限的。

艺术家的真正伟大之处，乃是超越他的对象，乃是做出比自己所想做的更多的东西，那完全是另外的东西，超过了原来的目标，超过了可能，并看到更加遥远的彼岸。

伟大的悲哀，无尽的烦忧之源就在这里，为它从来不曾有过的不幸而哭泣的可笑崇高也来自这里。别的禽鸟不禁为之震惊，有时会询问它心里揣想着什么，有何愁思。它快乐而自由地待在树林里，只是在岑寂中歌唱我的俘虏以回答他们：

Lascia ch' io pianga! ①

---

① 任我悲吟。

夜莺的迁徙

它不成群，又没有气力，孤零零的一个人能做什么呢？可怜的孤单的夜莺啊，你无依无靠，又没有伙伴，你怎么能像别的鸟类一样，去迎接这漫长的旅程呢？朋友，你怎么办？没有什么比你自己身上的力量更强的了。你可以穿着暗褐色的羽衣，沉默地悄悄飞过去，与秋天淡褪了颜色的树林混同一色。不过，现在，树叶仍然是一片绯红，并不像是初冬那种阴沉的死褐色泽。

啊！为什么你不留下？为什么你不模仿那些只飞到普罗旺斯[①]去越冬的胆怯鸟儿呢？在那边，那山崖后面，我保证你能

① 法国南方的旧省名。

找到一个亚洲或非洲的暖冬。奥利乌勒[1]峡谷可要比叙利亚河谷好得多呢。

“我要动身远行。别的鸟儿可以留下，它们不需要东方；而我，我的摇篮在召唤我：我要重见那片灿烂炫目的蓝天，我的祖先歌颂过的古建筑遗址；我要栖息在我早年的心爱之物——亚洲的玫瑰上；我曾沐浴于那边初升的阳光……那里正是生命的奥秘；那里，旺盛的爱情火焰使我的歌声更加嘹亮；我的声音，我的缪斯就是阳光。”

于是，它出发了。我想它愈飞近阿尔卑斯山，它的心会愈跳动得厉害：积雪的峰顶张开了令人畏惧的巨口，在那边的悬岩上，栖息着白日和黑夜的残暴之子——秃鹫和兀鹰，一群爪牙锋利的嗜血强盗，该死的丑类，它们是人类的愚蠢之诗。有些高贵的贼首会迅疾地杀死你并吸干你的血，别的一些卑鄙下流的盗贼就扼杀毁坏，用一切刽子手般恐怖的处死方式。

我想那时这可怜的小音乐家，它的声音变得微弱，它失去了才华和敏锐的思想，也无人可以商量，它停息下来，在进入萨伏瓦山峡的漫长陷阱之前仍然流连梦乡。它在山口驻足，歇息在我熟悉的一家好友的屋顶上，或是在夏尔迈特[2]柔美的树

① 法国东南部瓦尔省首府。

② 一座小小的栗树林，卢梭曾几度在此小住。

林里，它仔细思量，想道：“若是我白天飞过，那些强盗都守在那儿，它们懂得这是鸟类迁徙的季节，鹰朝我猛扑过来，我准会死；若是我夜里飞过，老枭那个大公爵，那恐怖的魔鬼在黑地里怒目圆睁，会攫住我，去喂它的幼雏……唉，这怎么办？无论是白天还是黑夜，我尽量设法避开它们。清晨，薄明时分，当冰冷的露水浸透了树梢，冻僵了不会筑巢的巨大猛禽时，我悄悄飞过……等到它们看见了我，还来不及展开濡湿而沉重的翅膀呢，我早就逸去了。”

尽管打算得好，可还是出了不少回意外之事。深夜出发，在这个漫长的萨伏瓦，它会迎面遇上劲烈的东风，使它迟迟滞留，无法动弹，粉碎了它双翼的努力……上帝啊！天已经亮了……十月里，这些哀伤的巨人早已披上了白色的衣裳，让我们在它们无垠的雪地上看见振翼飞翔的一个黑点。这些山峦在这幅巨大的起伏褶皱的裹尸布底下，是个坏兆头，多么凄凉……它们那尖尖的山峰纹丝不动，然而却在周围制造出永远动荡不安的感觉，波涛汹涌，碰撞、迸裂，有时还奔腾狂怒。“若是我从较低的地方飞过去吧，那带着淹没一切的轰击声、在烟雾中呼啸的激流突然会鼓起龙卷风，把我卷走。若是我升上荧光四射的高寒区域，徜徉自得，风霜又会侵袭我的双翼，使我速度减慢。”

一阵努力才救了它。它头朝下，扎了下来，降落在意大利苏兹或都灵[1]附近。它歇息，让翅膀更结实更硬铮些。在博大的隆巴德[2]宝盆深处，它恢复体力。隆巴德，这往昔维吉尔[3]曾听见过它的鸣声的花果之乡啊，土地依稀如昔。今天的意大利人，却在自己的国土上流浪，在别人的田地里耕种，可怜的农夫，他们还追捕夜莺呢。它明明是吃昆虫的益鸟，却一直被当作吃谷子的禽鸟加以摒弃。倘若它能，就让它逐岛飞过亚得里亚海吧（尽管长着翅膀的海盗仍然在那些礁石上游弋）。它也许能够到达鸟类的乐园，到达美丽、好客而富饶的埃及，在那里，所有的鸟儿都会得到优待，得到食物、祝福和良好款待。

然而这更加幸福的土地却难免盲目地殷勤好客，当然她并不爱杀手。确实，夜莺和斑鸠都会受到欢迎；但是她对鹰隼也同样接待。啊！可怜的旅行人啊！在那些苏丹的露台上，在那些清真寺的楼阁上，我看见一对对灼亮的、可怕的眼睛正朝着这边窥望呢……看得出它们已经注意到你了！

不要逗留太久吧，美好的季节不太长了。沙漠的罡风就要漫天扑来，把你那少得可怜的食物吹干，吹得无影无踪，顷刻

---

① 意大利西北都城市。
② 意大利北部、接近阿尔卑斯山的一个地区，首府米兰。
③ 古拉丁诗人（公元前71—19年）。

间连一只滋润你嗓子、营养你双翼的苍蝇都没有了。别忘了你在我们树林里留下的旧巢，别忘了你在欧洲的爱情吧。天空固然昏暗，但是你可以创造一个新的天空。爱围绕着你，每个人听到你的歌声都会激动地颤抖，最纯真的爱心为你突突跳动……这是真正的太阳，最美丽的东方。有爱的地方才有真正的光辉！

虫*

* 米什莱在完成“鸟”之后，开始进行昆虫研究，他常常和年轻的妻子在枞树林中散步，观察各类昆虫默默地辛勤劳动，深为感动。1857年，此辑完成于枫丹白露。米什莱也像在写“鸟”时一样，在本辑中号召人类怜惜昆虫，虽不是所有昆虫都能成为家养动物，但可以让它们成为人的朋友和助手。

枫丹白露森林

塞南古尔[①]所谈到的枫丹白露对耽于幻想的人来说完全是一堆没有意趣的景色。确实如此，这里的风景非常纤秀、阴郁、低沉、孤寂，绝无粗犷之感。动物稀少，大致可以估计得出有多少只黄鹿，鸟类也不多。能见到的泉水极少，甚至没有。这种地表的水源匮乏尤其会使来自阿尔卑斯山的人感到难过，他们还带着故乡那无数流泉的清新气息，眼睛里还浸染着那儿的潋滟湖光。湖啊，你这硕大而美丽动人的明镜啊，多么令人难忘！那边由于流水和白雪的映照，一切都显得十分明媚、

① 塞南古尔（Etienne de Senancour，1770—1846年），法国作家。

辉煌。而这里，只是一片黯淡。然而这小小的一隅之地却是个谜，在整个法国别具特色。这里处处是毫无生命痕迹的僵硬砂岩；尤其是今天，你看到的只是刚刚栽种的松树，树荫下什么也不长。要寻觅那些隐藏在地下的东西，必须有一根榛木棒[①]，才好叫清泉汩汩涌出。只要用它一指，你就准能找着。这根棒是什么呢？我说：一番研究或是一分爱、一分激情才足以照亮这个内部世界。

这地方的魅力并不存在于它所蕴含的艺术里。

城堡[②]用它形形色色的回忆和年代使这里的森林感到愉悦。但相反，它并没有因此而增加任何效果。真正的仙女是大自然，使这个奇妙的境地昏暝、空灵而贫瘠。

这儿到处都是树，也跟任何森林一样，呈现出一种异常伟岸的气派。那些布雷奥产的山毛榉直冲云霄，无限壮丽，尽管它们枝干挺直，树皮光滑，我仿佛觉得这是人们在别处也可看到的东西。这地方的特色不过是地势低洼，昏暗，山中磊磊多石，遍地可见嶙峋的砂岩，树木虬曲，有坚韧不拔的榆树和刚强有力的巨大橡树。

森林的面貌是变化无穷的。她既有阿尔卑斯山的寒带树，

---

① 这里指从前很流行的一种说法：临近泉源时，手持的榛木棒就会旋转起来。
② 枫丹白露古堡是一座著名的文艺复兴建筑物，建于弗朗索瓦一世和亨利二世时代。

又在这种树下面隐藏着最怕冷的植物。在万物萧瑟的冬季和早春天气，只见蜿蜒崎岖，令人骇异，可是一到秋天，整个林子都披上了一袭锦袍，树叶全红透了。在同一天里她随意更换过多少闪光的薄纱，就像朗达拉①在画幅里所描绘的那样。这一带森林的树梢之间常常萦绕着一层淡淡的轻雾，如面纱，如围巾，如腰带，真是变幻莫测。巨大而沉重的砂岩，兴许你以为它永无变化吧，可是它们却也不断地变换着外貌、颜色，甚至形状，时时不同。比如那座叫作阿风崖的小小山峦就总是氤氲着灌木的香气，清晨还曾跟我们过招呼，黎明快活的阳光、迷人的朝暾把砂岩染成一片玫瑰红；万物含笑，与充满诗意和虔诚的心灵探索和谐一致。黄昏时分，当我们归去时，这无常的仙境就完全变了。那些原来在轻盈的阳伞下面笑靥迎人的松树，顿时变得粗野起来，发出一连串呼啸、蠢笨的哀号。这些矮小的灌木，早间还曾温雅地邀请披着洁白衣裳的仕女暂时留步，采撷些浆果或花枝，现在在他们的矮树丛中仿佛隐藏着不知是什么灾祸、强盗还是女巫。但是变化最大的还是曾经款待过我们的山崖。是黄昏还是骤起的风暴使它们全变了呢？我不知道。但是它们一眨眼都变成蒙眬昏沉的斯芬克斯②、偃伏在

---

① 朗达拉（Lantara，1729—1778）：法国风景画家。

② 斯芬克斯原来是希腊神话中带病的独身女怪，此指一种神秘莫测的东西。

地的巨象、猛犸和那些早已绝迹了的洪荒时代的怪兽……不错，现在它们都蹲着身子，可是如果一旦它们挺立起来呢？无论如何，时间正在流逝，让我们迈步走吧……有人倚在我手臂上。

这森林配得上喜剧《皆大欢喜》[①]这样的名字吗？

不，为了对她公正些，应当说这些幻化游戏，这一切眼睛所看到的变化都不过是外表的东西罢了。尽管那树叶和雾气不断变化，那流沙常常消逝，但她却具有一种兴许是任何别的森林所没有的深厚地层，与心灵连通的固着力量，心灵使她巩固，在自己身上发掘并寻求其中所蕴藏的永恒不变的东西。请不要老是驻留在这些古怪的、突然发生的变化上吧。外面说："任凭尊意。"可是里面却说："永远，永远如此。"

这是发自内心深处、忠诚而温馨的真正的美，令人想起夏尔·德·奥尔良[②]的诗句：

此景谁能厌？

映丽永如新。

---

① 莎士比亚的一出著名话剧，原题As you like it意为"任凭尊意"。

② 十五世纪时法国亲王，曾被俘去英国，俘虏期间写过不少诗。

有一天我独坐在宇西峰[1]上凝望枫丹白露时想起这些。我知道在这狭小而平凡的空间里，在这砂岩、树木、石头表面的凌乱无序中，确实有一个相当规则的形状，其中蕴藏着一个偶然乍见无法参透的秘密。

总之，这几乎纯然是一圈森林和丘陵地，从表面看上去这里的一切似乎显得干燥；但是这砂岩很湿润，沙丘含着水分。从四面八方来的、看不见的水都汇集到涧谷深处的巨大蓄水池中。

这里经常有暴风雨袭来，而霹雳却很少见。几乎每天人们都在等待着暴风雨的来临，但森林留下了它们，使它们停驻，把丰富的水源留给了自己。等到用它的叶片、树干和树下的沙土筛过之后，这才转送到幽谷底层。水沁入地下，谁也看不见了。

掘吧，你准能找到。

甚至在十分岑寂的时辰，森林还不时发出声音，一点微响或是一些喁喁絮语，使你想起生命。偶尔，在橡树上挖洞的勤劳啄木鸟也会在忙碌的劳动中忽然一声长鸣，他是在策励自己吧。时不时地，采石工人的大锤一下一下落下，人们从远方就能听见这沉重的巨响。总之，你只要谛听，准能捕捉到一丝丝

---

① 枫丹白露森林中的一座小山。

意味深长的轻微声息。你可以看到，就在你脚下，在皱褶的枯叶中间有无数的小生命在奔驰，它们是这个地方的真正居民——蚂蚁。

如此众多的坚持劳动的形象，把一种真正的庄严之感渗入遐思默想之中。它们各自都在以它们自己的方式发掘。好，你也一样，把你的劳动继续干下去吧，探索你自己的思想吧。

这里是治疗今天的重大病症碌碌营营、动荡不宁的胜地。这时代对于它的病痛一点也不了解。它们不过是略略接触，就已经自觉心满意足。它们从极其错误的观念出发，认为在一切事物中最好的是表层和上面，只要伸出嘴唇即能触及。可是，上面的常常只是些泡沫，下面、里面才是生命液汁之所在。一定得向下深入，凭着意志，凭着习惯更加深入到各种事物里面，才能从中找到和谐，幸福和力量即寓于和谐之中。如果不幸陷入思想上的贫乏，那就必然会精神涣散。

我喜欢那些能够收拢、集中思想的地方。这里，在这一片狭小的丘陵地中间，种种变化纯粹是外部的，完全可以目睹。有着这么多浓荫遮蔽，风自然没有多少变化了，空气的凝结给了一种心理上的平衡。我不知道在这儿一个人的思想会不会大大地觉醒过来；但是那充满生气蓬勃的思想的人肯定能长期保持下去，执着地怀抱着他的梦，从中捕捉到、品尝到一切外部的变化和一切内里的秘密。心灵将在其中生根，并将懂得，生命真正完美的意义并非仅仅涉猎外表即可取得，而是要深入其中去研究、寻觅、含英咀华。

蚂蚁是这荒原的真正居民，旷野的灵魂；蚂蚁挖掘泥土，就像石工采掘岩石一样。他们做的是同样的工作，“蚁人”在地上，几乎完全像“人蚁”在地下一样。

我欣赏他们彼此类似的命运，类似的勤劳与耐心，类似的令人赞叹的无限毅力。这些砂岩，极其僵硬、顽劣，常常碎裂得不成样子，使这些可怜的劳动者感到十分失望。特别是那些漫长的冬季使得在天寒地冻未尽之际就回到采石场上的劳动者们觉得这些巨大石块（如此坚硬，但水分又如此易于渗入）完全潮湿，并呈现半裂状态。因为这个缘故，才会有许多不好铺路的街石和渣滓。他们毫不灰心，又开始了他们艰辛的工作，毫无怨言。

蚂蚁同样教人要耐心。打鸟的、捕捉野鸡的人常常给它们带来损害和扰乱，把它们辛辛苦苦在一季中筑成的浩大工程毁于一旦。可是它们又以无限勇敢的热情不停地开始重新建造起来。

阿尔卑斯山中的枞树林

环绕在我面前的这个湖还不是那个狭长的、诸峰屏拱、波涛汹涌的玉丽湖[①]。不过遍地的枞树林提醒对于季节可不能掉以轻心，它告诉人们这里是一个寒冷的地方。许多东西都包含着某种生野、粗犷的意味。冬季的烈风从南面吹来，对岸在我面前，昏暗的比拉特山巍然壁立，这座山崖壁嶙峋，峰峦如削，侧翼作黧黑色；十里之外，雪白的圣母峰[②]和银顶遥遥可望。

这里很美，也很凉爽，一般到了九月气候已渐寒冷。你会感觉到高天滚滚，恍若万顷波涛倒悬其间，寒冽逼人。这是一

---

① 瑞士四州湖延至阿尔道夫南端的一部分，叫玉丽湖。

② 圣母峰是阿尔卑斯山脉靠近伯尔尼的山峰，高4181米，山在此湖西南方。

个大水库，欧洲所有的主要河流都发源于此。圣·戈达高原[①]绵亘十法里，其水流一支注入罗讷河，另一支引至莱茵，还有一支蜿蜒为勒斯河，复向南流，称塔善河[②]。谁也看不到这个水库，即使远远望见，也只是个侧影，但是能感觉到它的存在。要水吗？那就来这儿吧。喝吧，这个大杯子可以供千万人畅饮，浮以大白。

为了显示那进不去的地区，每一山脉都从它的冰川喷射出一股凝练、静谧、澄碧的激流，它进入广阔的湖中，化作清波，几道湛蓝的水引出大河，浩浩荡荡，把山的灵魂送往各处。冰川的宝藏常年如新，这一片浩渺蒸发出的烟雾，弥漫、升腾于群山之间。

远方的景致如此和谐，这许多湖和它们急湍的河流都映现出重峦叠翠的山峰，凝望积雪皑皑，云蒸霞蔚。

固定和流动，永恒和迅疾。

雪覆盖着无数碧绿的树木，从夏天起就令人预感到冬天。

人们享受着这一切，明知不会享受多久；但是内心仍然为这如此严肃、如此纯洁的世界而颤动不已。

---

① 阿尔卑斯山最大的高山区域，地处意大利、瑞士交界处，最高峰达3226米。

② 罗讷河流经瑞士和法国；莱茵河流贯欧洲西北部；勒斯河在瑞士流入四州湖；塔善河是瑞士与意大利之间的一条河流。

这地方少长咸宜。老者居此更加结实，与大自然结合，无忧无虑地向巨大的山影致意；而那些绿鬓少年，他们在这儿感受的只是曙光和黎明，享有的只是充满宗教温馨的喜悦：大自然把最柔和的宇宙的灵魂给了它最幼小的孩子。

我们最喜欢的散步场所和我们的工作室是，塞比崖后面一个略略高于湖面的小枞树林。这林子有两条路径可达，途中唯见湖水灿烂如镜，四洲风物映现其间，光艳夺目。由此向卢塞恩远望，没有一处景色比这里更美、更肃穆、更庄严了。在另外一边，可以饱览圣·哥达山千堆青黛。但是我们只要向前迈进一步，这种光辉伟大便会顿时在我们的枞树林下结束，人们简直会以为到了世界尽头，光辉黯淡，尘嚣消敛，连生命也仿佛均已绝迹。

这就是我们见到的这些树林的第一印象。其次，一切都起了变化。枞树强加在别的植物（它们想在它的树荫下面长大）身上的窒息感或者至少是那种从属关系却使这树林内部明亮起来；当眼睛已经习惯于这种昏暗的微弱光线时，人们再看远处就更加清楚了，现在人们能把森林中一切错综复杂的情景观察得纤毫毕现。

在森林许多崇高而阴森的巨柱（简直像个寺庙）下面呈现出来的，首先是死亡的景象，不过这是一种不会令人悲伤的死，是一种经过装饰、美化而丰赡的死，这正是大自然时常赐给植物的那种死亡。每走一步，就可以看见遍地都是尚未连根拔起的、断裂的树干，沾满了软绵绵的苍苔，仿佛披着一身斑斓无比的绿天鹅绒，它们时时刻刻变幻着形象，浮光点点，映日生辉。

然而可爱的生活在哪儿呢？我们的耳朵已经习惯了，听得出也猜得出来。我说不是那山雀的啁啾、啄木鸟奇怪的笑声（它们是这里真正的主人），我想到的是另外一群，树林里的禽鸟时常跟它们交手打斗。你听，一阵巨大的嗡嗡声，响得足以盖过汩汩流淌的小溪。这是告诉我们，有一群马蜂飞到林子里来了。我们已经看见了它们的营寨，从那里飞出不少，跟随着我们，侦察我们的行动，显得有点来者不善。

在马蜂不常光顾的地方，可以听到一些轻微而低沉的响声，仿佛来自许多树林内部。这是树的精灵，这是山林女神[①]？不，恰恰相反，这是树木的神秘仇敌，一群魔鬼。它们沿着树干的脉络，蛀蚀出无数路径和河道，修筑起它们的走廊。在一棵树里面往往差不多就住着十万棘胫小蠹（这就是它们的名字），松树在它们的日夜啮食下全成了玲珑剔透的镂空

① 古希腊人认为每一棵树里都住着一个神。

花边。从外表上看毫无损伤，可其实生命已逝，剩下的只是幽灵罢了。

在这里面，一个植物一个动物，两个生命在鏖战，真听得见吗？实在说不准，有时也许是人弄错了。

在这并不寂静的寂静中，我不知道谁曾对我们说过死一般的森林是生气勃勃的，仿佛要说话。我们满怀着希望走进去，相信准能找到；我们深深感受到一个伟大的复杂多样的灵魂对我们好奇的心灵做出回答。在这瑰丽的暮霭中，她①手里拿着一根小棍走到我面前，问讯幽暗的森林，又好像在寻觅那黄金的枝柯。

---

① 指米什莱的夫人。

怜惜

我们会因为自己的无知而对昆虫感到厌恶、不安，甚至是恐惧。然而，特别是在我国的气候条件下，几乎所有的昆虫都是不袭击人的。可是对于不认识的昆虫，我们总是心存疑虑，对它们总是干脆弄死了之。

我记得六月的一天，凌晨四点，太阳已经升得老高了，我仍然疲倦地躺在床上，但突然间，我被惊醒了。我当时是在乡间，房间既无百叶窗又无窗帘，又是大清早，太阳已经晒到我的床上了。不知怎么回事，一只漂亮的熊蜂跑到我的房间里来了，在阳光下欢快地飞舞着，嗡嗡直响，吵得我心烦。我起身下床，以为它想出去，便替它把窗打开来，可是它根本就没有飞出去的意思。清晨，尽管很晴朗，但毕竟很清凉、很潮湿，它宁可待在房间里，温暖舒适，让身上的湿气晾干。外面是清晨四点，而屋内则如晌午时分。它的行动完全同我一样：待在屋子里，不出去。我想给它一点时间，让窗户大开着，然后我又躺回了床上。但是我怎么也睡不着了。外面的凉气袭来，它也往房间里面飞去。这位顽固、讨厌的不速之客让我有点不悦，我起身下床，决定以武力赶它出去。我的武器就是一方手帕，但想必是我不太会挥舞手帕：我把它给打晕了、吓坏了。它头晕目眩地打转，更不想飞出屋去了。我越来越不耐烦，下手更重。想必是太重了……它掉在了窗台上，再没能飞起来。

它是死了还是晕过去了？我并没有将窗户关上，心想，在这种情况下，清新的空气可能会让它苏醒，然后它便可以飞走了。不管怎么说，这是它自己的错，它当时为何不飞出去呢？这是我给予自己的第一个理由。但随即，我一考虑，就开始责怪自己了，责怪自己没有耐心，这是人的残暴性的表现：人什么都不能容忍，如同目空一切的国王，非常暴烈，稍不遂意便大发雷霆，怒不可遏，杀机顿起。

早晨清新晴朗，和风习习，但已经渐渐热起来了。这不冷不热的气候与这片非常温和的土地和一年中的这一时刻相得益彰：这是诺曼底地区的六月天。这个月份的特点以及它完全有别于其他月份的地方就是，所有以植物为生的无害种属全都诞生了，而以捕捉活物为生的嗜杀性动物还没到出生的时刻。飞虫漫天飞舞，蜘蛛尚未出现；死亡尚未到来，有的只是爱情。所有这些思索全都涌进了我的脑海，却并未让我感到欣慰。在这万物无忧无虑地生活的幸福而神圣的时刻，我却在杀戮。只有人在破坏上帝创造的安宁。想到此，我心中好不悲苦！无论受害者是小动物还是大动物，这都无关紧要，反正死了始终是不能复生的。而且，我是在并未遇到什么挑衅与危险的情况下，破坏了春天的这种温馨的和谐，毁坏了这美好的田园诗。

我一边如是想，一边不时地从床上往窗户看去，看看那只熊蜂还动弹不动弹，看看它是否真的死了。但是，大失所望，熊蜂已一动不动了。

这种状况持续了半个钟头或者三刻钟。然后，突然间，在没有任何先兆的情况下，我看见那只熊蜂腾地飞起，坚定不移，毫不犹豫，仿佛什么事也没发生过似的。它飞到园子里，那儿已经是阳光灿烂，温暖舒适了。

说实在的，这对于我来说，是一种幸福、一种宽慰。但是，它似乎并不这样想。它会小心翼翼地想，是不是有什么不慎之处，让刽子手发现它没死，要结果了它？它装死装得逼真，等待着自己体力完全恢复，喘息平稳，翼翅晒干，浑身暖和过来，准备好飞翔时刻的到来。此刻一到，它便腾地飞起。

是在去瑞士的旅行中，我们开始认真地研究起昆虫来，因为我们不满足于收集标本。标本反映的只是外表，而我们决心要通过解剖刀和显微镜深入到昆虫的内部器官中去。于是，我们便被迫犯下了最初的罪恶。

不用说，这种忧心，这种激动，比大家所能想象的更加悲壮，且使我们的这次旅行背上了罪名。上述地区非常美丽、崇高、端庄，却没有给我们留下美好的印象。因为，生活，痛苦的生活（而且还必须让别人忍受的痛苦生活）使原本美好的印象变了味。田园诗或庄严的史诗般的伟大崇高的美景几乎敌不过我们那无限小的悲剧：一只飞虫就能遮挡住阿尔卑斯山，一只鞘翅目昆虫十天的垂死挣扎就把我们眼前的勃朗峰①遮挡住了，解剖一只蚂蚁竟然让我们把少女峰②给忘到了脑后。无论如何，谁能说清楚何为大何为小？在大自然的怀抱中，在全宇宙之爱中，所有的一切都是伟大的，都是重要的，都是平等的。我们目不转睛地注视着小小昆

① 阿尔卑斯山的最高峰
② 瑞士的一座山峰名。

虫世界的无尽工作，难道不是非常感人的吗？抬眼望高山，俯首视昆虫，这是同一回事。

爱情与死亡

无论昆虫的出现有多么不起眼，但是，它首先独立于所有那些低级、不动、观望的生命。它摆脱了那种每个个体都受到抑制、消失于群体之中的群体宿命。它凭着自己的本能活动，东奔西走，前进后退，想去哪儿就能哪儿去，随时根据自己的需求、食欲、个性而改变决定，改变方向。它自我满足；它能预见、供给、自卫，并应付各种突发情况。

这中间难道没有显示出个性的第一缕光芒吗?

个体出现了。它首先显示出自己令人钦羡地拥有一些工具，它们将帮助它维持并巩固自己的生存。它一诞生就很贪婪，具有吸收能力，而这种吸收能力正是大自然所期待的。它的到来是为了清扫这个世界，为了消除那些有碍生命的、有病的或死亡的生命，为了将那些生命从过剩的物质中拯救出来。

我们将会展示，没有哪一种生物能够像它那样，具有在地球上发威的力量，谁都不具备像它那样影响总体生存条件的巨大能力。但是，与昆虫的身材、体重、大小不成比例的这种异乎寻常的力量是受到严酷的规律限制的：个体的快速、绝对、全面的（每一代）增长。

爱情带来的是死亡。生育、繁衍，就是死亡。新诞生者就是在杀害其生养者。

这对所有的生物来说，是一句共同的格言，但是它在昆虫的身上比在其他任何生物身上都更加严格地应验着。

首先，对于父亲来说，爱就是死。父亲必须付出，必须献出自己最好的东西，必须自己死去，以便让那接受了它再生精子的另一半更好地活下去。

而对于母亲而言，在大部分种属的昆虫中，死亡也必然将至。母亲爱过，生下孩子，很快它便因此而死亡。对于它来说，爱情将不会有其价值及补偿。它将见不到自己的孩子，它看不到自己在另一个生命里复活了，所以它死不瞑目。

这位母亲与高级动物母亲之间存在着多么大多么残酷的区别啊！哺乳动物的母亲，总的来说，自己守护着自己的宝贝。它用它的体温温暖自己的孩子，用爱去喂养它的孩子。如果昆虫母亲知道这种崇高的慈母幸福的话，它会多么羡慕，多么嫉妒啊！昆虫母亲必须在冷漠的大自然中去寻找另一个生物——树、草、果子或者土地本身——替它继续给予它的孩子以母爱。这是严酷的，但并不是残忍的。我们严肃地审视一下这个问题吧。如果说死亡将母亲与孩子分开，那是因为母子双方被相悖的生活条件和营养条件所隔离，无法一起生活。孩子开始时是个微不足道的毛虫、蛹或蠕虫———一个卑微的小东西。在夜幕掩护下的劳作者，不得不长时间地以粗草为生，有时甚至以败叶腐草为食。待它翅膀长好，蜕变完成之后，它便飞往高处，轻松愉快地在花丛中飞舞，采食花蜜，你让它如何能够适应从前那种黑暗、卑微的生活呢？而对于在地下的黑暗中生活的孩子来说的那种有益、赖以生存的条件，对于已经习惯于在自由天地的温暖阳光下飞舞的母亲来说就是致命的了。

为了让孩子好好活下去，母亲必须为它准备好三四层的临时性“摇篮”，里面放着幼小的它能够吃的柔软食物，待它一醒来就可以吃上。把一切准备好之后，母亲就将门关上，封闭好，自己便离开这个窝，永不再回来。它不得不将自己做母亲的权利交给大自然，这个万物之母。

这个孩子极其舒适地在那儿生活着，而且它自己也能吐些丝，铺在它那温暖的囚室里。最后，它变得壮实了，等天气转暖时，便从囚室里出来。我们对此感到惊叹。然而，最令人惊讶的是，这个母亲（蝴蝶、金龟子等）经过如此的变化，蜕壳、假睡、蜕变之后，竟然又为它的孩子找到了它从前处于毛虫阶段、后来长大离去的地点、食物。这真是奇妙至极！我们认为最愚笨的那些昆虫，比如飞虫、蝴蝶等，在爱情的曙光闪过后，死亡逐渐逼近时，它们会停下休息、反思，好像在想点什么，回忆点什么似的。然而，它们心知肚明，毅然决然地离去了。这儿就是它们的食物，它们的出生地，它们的故乡，它们的摇篮。它们会回到这儿，来保护自己的茧子。

它们完全显示出自己的谨慎、远见、灵巧机智。它们运用一些不为人知的技巧，施展出不可思议的机智灵活。是怎么回事呢？有时候，它们的战斗武器转作其他的用途，成为做爱的工具；有时候，还会动用一些此前一直藏匿着的新工具，极其复杂的工具，只为这唯一的一次行为，只为这唯一的一天！

有人写了一本奇特的书，来介绍昆虫们为了完成做母亲的功能所具有的极其多样的工具。这些工具往往都很可爱，极其精确，极其精巧，极其细致。仅举雷奥米尔描述玫瑰树的飞虫一书的例子就足以证明了。他介绍了飞虫的那两个“刀片”，运用起来呈相反方向运动，上面还带有锯齿，齿齿皆尖利无比。

爱情的力量何其大也！也许是那位神圣的“工匠”为它们准备了这种小工具，也许是那“工匠”赋予它们这种工具，以完成强烈的做母亲的欲望。你会看到它们将这种工具从身上伸出来，以一种出其不意的方法及时地运作起来。

至少，对于那些劳作时能得到许多昆虫的援助和保护的群居昆虫来说，这个任务是简单的。但是，对于孤独的昆虫母亲来说，这项任务就非常繁重而艰难，它没有助手，没有丈夫，没有朋友，从事的又是一些巨大、有时甚至还是巨人才能完成的建设工作。胡蜂修筑的巢就是这样一种巨大的工程，这项工程费时费力，需要极大的耐心和意志力，实在是伟大至极。

在这种超负荷的劳动中，母亲干了几天就衰老了。可是，它却未能享受到自己的劳动成果，这个辛勤劳动的果实——摇篮——却为他人作了嫁衣。抢掠者经常前来抢夺，坐享其成，把自己的后代生在了那里，后者不仅要将合法主人的食粮消费掉，而且还把主人的孩子当作自己的盘中餐了。

对这么大的一项成果无法保障的工程，谁能不投去怜悯的目光呢？

在骄阳似火的七月，当这座城镇（枫丹白露）的狭小森林圈将热浪聚集在一起的时候，尽管懒洋洋的，不想干活儿，可我们却惊奇地发现，一只孤独的蜜蜂总是飞来飞去，不停地忙着筑它的蜂巢。它总是不停地飞到几个茶花盆和欧洲夹竹桃盆旁边。我看见它很大很敏捷，一身美丽的褐颜色，夹杂着一些黑色，差不多每隔五分钟便夹带着一小片叶子（我猜想应该是欧洲夹竹桃叶）飞回来，把它弄进花盆泥土深处的一个洞中——它在那儿筑了一个窝。

它热情不减地连续干了三日，看不出它在此期间吃过什么。它一心扑在筑巢的大业上，似乎连自己的生命都全然不顾了。

它是那样专心致志，行动又是那样急迫，你即使走近，它也不予以理会。它什么都不怕。我们可以随意地待在花盆旁边，坐在那儿，像它对待自己的劳作一样耐心地观察着。

第四天早晨，我们发现洞口封上了，我们就再没有看见这位辛勤的劳动者了。它的生命完结了，它已精疲力竭，但是非常高兴自己完成了任务。想必它已待在某个阴暗的角落，等待着生命的结束。

我们小心翼翼地把粘在花盆壁上的土扒开，以便检视一下它的劳动成果。

在花盆底部，有两个顶针形状的摇篮，两个孩子睡在里面。母亲总是这么精心，有几个孩子，就得建几个小屋。

每一个小屋都是由二十六片小叶片构成的。雷奥米尔曾经在一个相似的巢中发现了十六个小屋。有六片小叶片被用来封住入口，全都是圆形的叶片。如果联想到母亲并无任何适合干这种活计的工具相帮，我们真的会为此而拍案叫绝。没有冲头，可做出来的活儿却像有冲头一样地精巧，这怎能不让人叹为观止！

其他的那些小叶片，呈椭圆形，按照小巢的形状一片一片地整齐重叠着，它们好似屋顶，是不知疲倦的母亲修建来抵御风寒、雨水的。底部有一点蜜，是母亲特意留给它永远抛下的孩子们的。

我们很高兴地看到孩子们在它们过冬的小屋中蠕动。如果将它们放在我们屋里，那要比待在花盆底部暖和得多。那样的话，它们母亲的心愿就完全了结了。我们将它们弄到屋里，细心照料，后来带到了巴黎。这些枫丹白露的“仙女”在春天的一个早晨，飞到我们的窗户上。如果说这些小蜜蜂不能采到枫丹白露的欧石楠蜜的话，那它们至少可以采到巴黎卢森堡公园的花中蜜。

热带的昆虫

我曾经见过它们，在博物馆的框架下面和一些盒子里，我曾见过这些僵死的昆虫，但是在大自然中谁想它们竟会这样万头攒动，光彩夺目。有谁曾见过这样繁忙的场面呢？这么多活生生的虫子在火一般的气候中繁殖滋长，这里的一切与它们多么和谐，空气、水、草木都饱含着丰富的火焰，热烈恣肆，与成群的小动物那种粗犷的活力和迅速的生死消长正相颉颃。

美洲巴西和圭亚那的森林，这个可怕的渊薮总是在酝酿着生物间的巨大交易。植物与动物奇异幻境，交相辉映。各种狂野、粗涩、哀愁的鸣叫声（不是歌唱）合成了一曲交响乐。无论在森林里，还是在大草原上，许多飞禽发出它们奇怪的叫声，嘹亮或是沙哑，然而却都有规律地轮番振响，仿佛是在报时。这些声音是沙漠里的钟声，有的白天，有的夜里，把早中晚三个单位时间，划分得清清楚楚。它们模仿我们人的声调和世俗的种种喧嚣，就像含讥带讽地在嘲笑我们。这多么令人不安。一些鸟儿叫喊，有些在啼鸣，还有些在哀号。这边打着铃铛，那边敲着木槌，另外一边仿佛正在吹奏风笛。茫茫的草原上忽然响起一阵Cariama①的巨大鸣声。沼泽地上，蛇的克星、勇敢的Kamichi②不断发出生涩而粗壮的吼叫，使未开化的野人听了，误以为是鬼怪经过，不禁浑身战栗。

黄昏时分，阵阵蝉歌唱晚，蛙声阁阁，应和着夜枭的怪啸、吸血蝙蝠的哀号以及群猴的嬉闹，响成一片。突然一声狂吼，宛如心胸撕裂，迸发的巨响撒下恐怖，使一切都归于沉寂。这是那爪牙锐利的游荡者，迅猛的美洲豹来了。

总之，这儿什么也不能叫人放心。这些碧绿的水潭，表面是那样平静，其中不时传出几声哽咽的叹息；如果你把脚放进去，你准会满怀恐惧地看到这水肮脏得无法形容。不少鳄鱼用它们青黛色的背构成水面，望过去俨然是青苔或水中的荇藻。

---

① Cariama，一种南方产的鸟类，形若鹭。
② Kamichi，一种长嘴巴专杀蛇类的鸟儿。

只要有一个活物出现，水里马上都昂起身子，万头攒动；人们乍见这一群怪物直立起来，怎能不毛骨悚然。这就是全部吗？不，除了这些称霸水面的家伙之外，在它们下面还有不少暴君呢。脂鲤像刀片，尽管你凯门鳄身子沉实，也敌不住它动作迅速，齿如利剑。那鳄鱼还不曾转身呢，尾巴就已经给截断了，拖了就走。这凯门鳄几乎总是这样伤残致死，若是它的厚甲不能阻止它的敌人把它肢解的话。这可怕的解剖学家，只要风驰电掣地用它的解剖刀一划，随随便便就能把掠过水面的飞鸟一截两段。人们捕获的许多水禽常常都带着这样的伤残躯体。还有些四足动物呢？最强大的都被吞掉。在这些深渊里不停地发生可怕的战斗。这里既活泼地洋溢着生命，又充满了死亡；这里正进行着一场迅疾而剧烈的自然界厮杀，互相吞食，然后再重生。

昆虫一般都很悍猛，但外形美丽。蝇虻、蚊蚋用嗜血来表现其生命的狂热，而其他品类则利用鲜艳诱人的颜色、奇异的花纹、异样的形状使人惊愕或害怕。巨大的象虫，披着满洒着点点金粉的翠绿甲壳，仿佛刚穿越过金属矿砂似的，在行程中变得如此丰富多彩。吉丁全身黄中带绿，好像一堆镶嵌得极其精致的宝石，宛如浮光回流。圭亚那的巨大盲蛛，裹着件七宝彩衣，头上翘起两只长长的触角，身下多少神奇的脚爪，在高耸多刺的草叶上行走如飞。瞧它那件美丽的衣裳，黄底子，上面绘着无数弯弯曲曲的黑色条纹，仿佛无人能解的古代楔形文字，这生物真是个双倍奇特之谜。它令人想起印度纺织物上的图案，为了款式不致雷同，艺术家在那上面绘制了不少断裂的波浪似线条，以使色泽谐和、斑斓。

蝴蝶是一种合群的美丽昆虫，这个带翼的部落布满河边，把整个草原化作一片绚丽的花毡。最典型的蝴蝶要数巴西的一种王蝶，通体蓝色，浮光铄金，轻盈地在灼热的阳光下面飞舞，在花枝烂漫的树梢掩映下漂浮在水面上。这些和平而佳丽的生物，真好像是这伟大的大自然的骄子。在它后面，有一连串别的蝴蝶追随着，沿着溪水，飘过一片蔚蓝色。

一个漂亮的德国女人——梅里昂小姐①，她特地移居到这一火伞高张的地区，曾经天真地对我们谈起她对这些奇观感到恐惧。她是最精湛、最勤劳的雕塑家的女儿和孙女，本人也是个艺术家，学识渊博。她给我们留下了她用拉丁文、荷兰文和法文写的一本关于苏理南②的昆虫图谱，真是佳作。

她到圭亚那去，并在那里画了好多年。

她很认真。她在当地寻找到那些可怕的昆虫标本，先叫人

---

① 十七世纪德国的一位著名女画家，擅长花卉。
② 当时南美的苏理南还是荷属圭亚那的一部分。

摆好，以供绘画——她自己很害怕它们。有一回还未开化的印第安人给她送来一篮昆虫，她在工作之后竟睡熟了。一个奇怪的梦打扰了她的睡眠，她好像听见有人在弹竖琴，弹一个爱情曲子。随后这个曲调燃烧起来，这不再是一首歌曲了，是一场火灾，整个房间里都是火……她惊醒过来，而这并非梦境，一切都是真的。篮子就是竖琴，篮子就是火山。幸亏她很快看到这个火山熄灭了。满篮子都是樗鸡，它们唱了一支婚礼进行曲。

在这些地方，人们因为怕热，常常夜里行路。如果没有闪光的昆虫照亮路径，旅行者就不敢深入到漆黑的密林大箐中去。旅人老远就望见它们亮光闪烁、跳舞、飞翔；待靠近了才看到它们都停歇在伸手可及的灌木丛间，于是把它们抓来给自己做伴儿，把它们固定在鞋子上照路，这样蛇老远就逃遁了。他感激昆虫的帮忙，当清晨天色微明之际，又小心地把它们放回到灌木丛间，让它们重温鸳梦。有一句美丽的印第安谚语这样说：“把飞虫从火焰上赶走吧，但要把它们再放回到你原来取走它的地方。”

白蚁

普雷丰泰纳[1]谈起他在圭亚那旅行时曾看见一些黑人包围住某种外观奇特的建筑物，这就是白蚁巢。黑人他们只敢站在远处用火器攻击，并且事先还小心翼翼地在四周开了一道小沟，流水可以阻止这支被围困的军队突围。万一被围的联队企图突围，水会把它们淹死。

这些建筑物不是蚂蚁的住所，这里面居住的是另一类昆虫——白蚁。白蚁不仅圭亚那有，在整个非洲、新荷兰[2]和北美洲的大草原上都有。

---

① 法国博物学家。
② 今澳大利亚旧名。

你可以想象一座十二米的土丘（也曾经见到过二十米的），远远看上去很容易被误认作当地土著的茅屋。但是只要一走近，就清清楚楚地看到这是一件高级艺术品。它的形状十分奇特，尖尖的圆顶，或者说像一座高耸的尖塔。这塔是由四五个乃至六个高达五六米的尖塔支撑住的。下面就靠在差不多有两米高的矮塔楼上。整个建筑的风貌宛如一座东方式的大教堂。它的主要塔尖简直就像一所清真寺的双层挂带，越伸向高处越细；由于这是硬性黏土做的，所以极其坚固，若是经过一番研烧，没准可制成最好的砖块吧。不只是许多人登上去丝毫动摇不了，甚至连野牛都奈何不了它。野牛时常站在上面警戒瞭望，看那片平芜丰草之间是否隐藏着狮子、美洲豹之类，准备偷袭。

不过尖尖的圆顶是中空的，圆顶下面的基座是由一个中间半镂空的建筑物支撑着，其下有两三米的四个拱顶组合而成。这些拱顶十分结实，尖尖的，类似哥特式建筑。再往下又延伸出无数甬道或回廊，那些安有顶盖的空间可以称作厅堂，还有不少舒适、宽敞、合乎卫生的房间，能住得下一大批白蚁；总之，整一个就是个地下城。

一条宽阔的螺旋形管道打着转转儿徐徐上升，直到建筑的最厚实部分。既没有通风口，也没有门窗；进出口是隐蔽的，而且距离甚遥，远远的延伸到平原上去。这最雄伟最重要的建筑物表现出了昆虫的本领——浩大的工程需要无穷的耐心和大胆的艺术。不要忘记这些变得如此坚实的厚墙都是由原来易于粉碎和倾圮的泥土垒成的，要垒起这样的摩天大厦该经过多少不懈的努力啊，何况还要搭起许多临时建筑物，一俟这些主楼修建得比较高了才逐步拆去。匠人们开始只是兴建一米半或两米的锥体外形，随后再搞第二级建筑。不过这二级建筑物非常结实坚固，它们勇敢地挖掘基部，打通甬道、回廊和螺旋形楼梯。在又尖又圆的塔顶下面也要进行同样的工程，把里面刨空，这样大穹顶才能空出来，并把它的底座安在四个拱形架的狭小穹顶上，这里是整个建筑的中心和基础。

请注意圆顶就建在它本身的底座上，它的那些附属建筑物对它完全足够，因为旁侧的角锥体只是它并非独立存在的附属物。这算得上真正、完整、大胆的艺术结构，因为它无须拱抚垛和墙垛，只依靠本身和它合理的结构，绝不求助于外来的支持。

是谁引导艺术以臻此妙境的呢？应当说正是实用本身。尖尖的圆顶，许多小塔楼或尖顶都叠合得极其精致，足以抵御热带常见的可怕骤雨。这圆顶能阻隔雨水，使雨水快速流过。即使圆顶破了，托住它的那块隔板就像屋瓦似的仍然可使水溢出围墙外，流到地面上去。圆盖顶像个窑似的中间凹陷，这样就能很快地使里面暖和起来，保持室内充分的热量；圆顶还能把热传到地道以孵化蚁卵，让那些赤裸的初生幼虫感到舒适，而当气温高时则更加宜人。

当生活和定居在树木中的各类白蚁逼近我们时，要想防止它们的损害简直就不大有什么办法。白蚁用不可思议的精力迅速地干着。人们曾经看到过它们在一夜之间就能钻透一张桌子的脚，而从另外一张桌子的脚下来。

白蚁这样大力猛干，在穿过房屋檩条和大梁时的效果你可以想象得到。最糟是等到人们发现时，这种情况已经存在了很久了。大家以为这些蛀蚀了的支柱很好，可是有天早上房子突然倒塌了，人们还安安稳稳地在这座明天就不存在的房屋里睡大觉呢。

新格雷那达群岛[①]的瓦朗西亚城，由于白蚁在泥土中拼命蛀蚀地下建筑，结果现在就垂悬在这些危险的地下墓穴之上。

我们在罗塞尔[②]曾亲眼看见过海船带来的白蚁在这个城市的一部分房屋大梁上所进行的初步工事，许多建筑物表面上一点都看不出什么，但其实整个都已蛀蚀，木头凹陷，中已全空，

① 即今哥伦比亚共和国。
② 法国港口，濒临大西洋。

一直到楼梯栏杆，千万不要用手去扶它，只要稍微一用力，就垮了。直到如今，这些可怕的啮食者似乎企图就在这所城市的某一区域盘踞下来，而其余市区还没有动。兴许，这个商业上的重要历史名城，将会步赫尔古拉能和庞培[①]的后尘吧。

---

① 这两座古城原位于意大利南部，于公元79年维苏城火山爆发时被湮没。

蚂蚁的内战

六月八日晚上，有人从森林[1]里带来了一大块泥土。这土块里夹杂着不少小木片，其中大都属于北方省繁生的那类树木碎片，杉树针叶或是一些荆棘似的带刺树叶。

土块中间，乱纷纷一窝蚂蚁，大小形态各异，有卵、幼虫、蛹、身量较小的工蚁、颇像战士和保护者的大蚂蚁，还有一些刚刚披上婚礼吉服的雌蚁，它们在爱情生活中总是插着一双翅膀。这是一个完整的城市标本。这么一群褐黑色的小动物，外貌固有差别，但是身上却具有同样的标记，那就是每一只蚂蚁

① 当时米什莱住在枫丹白露森林，研究动植物。

的胸甲上都有一个暗红色的斑点。乍一看仿佛杂乱无章，但每只蚂蚁级别与职司不同，各有居处，很容易辨认：那些管建筑的工蚁，用小木片为它们搭起了一层层房屋。

这群小动物，在外界环境的巨大变动下毫不气馁。它们继续干活，主要的工作就是从过于强烈的阳光照射下把蚁卵和蛹搬开。这项共同劳动把它们从地下室吸引到地面上来。小小的蚂蚁不停地活动。大蚂蚁围绕着一个大土坛（这是小城邦的一部分）穿梭似的往来巡逻。它们迈着坚定的步伐，遇到什么也从不后退；即使我们在场，也毫无惧色。我们故意把一些障碍物——比如一根小树枝或是我们的手指放在它们面前，挡住去路，它们马上就躺下身子，灵巧地挥动着小胳臂，像小猫咪似的拍打着我们。

当它们围绕着土坛巡逻时，在沙丘上碰到不少黑蚁——这一种蚂蚁在我们花园里最多。它们在地底下建造了许多寓所，但从来不用木头，而是泥水结构，以唾液和泥土，再加上自己体内的蚁酸构成，这样既干燥又卫生。

它们用蔷薇、苹果树、桃树来美化环境，还把大批蚜虫运送到树上，以获得蜜汁，供自己和幼儿食用。

这两彪人马相逢并不友好。虽然大木蚁队伍里也有身量较小的蚂蚁，但根据长腿和胸甲上的红斑它们就能一下子辨认出黑蚂蚁来。它们是无情的。也许它们怀疑这些四处游荡的黑蚁是敌方派来侦察的探子，要不就是黑蚁企图对新来的移民设下陷阱。总之，这些大木蚁把几个小黑蚁杀了。

这件事引发了一连串可怕而无法估量的后果。不幸土坛恰好在一棵苹果树旁边，果树上尽是绒毛蚜虫，它们使园丁叹息而使蚂蚁无限喜悦。黑蚁早已占有了这群宝贝甜虫，并在树根下面安营扎寨。财源近在咫尺，随手可以取用。平常这一大群黑蚁都聚集在地底下。

这场激战发生在上午十一时，最迟十一点一刻，整群黑蚂蚁全部警觉、沸腾起来，它们挺着身子，从各个地下室爬上来，从所有的门口冒出来。一道道长长的暗色队伍淹没了沙土；小径上一片乌黑，非常闹猛。地下可能就更加热闹了，它们大概具有极其敏感的大脑吧。太阳光笔直照射着小花园，刺痛、灼热了大批人马，使它们向前猛进。酷烈的热气，特别是对于高大的外来敌人对它们的家园的侵犯，这一切驱使它们满怀戒惧，大胆而坚决地战斗，前仆后继，视死如归。

在我们看来这无疑是送死，因为每只木蚁抵得上八到十只这种小黑蚁。第一次交锋，我们看见一只大的向一只小的猛扑过去，一下子就把它歼灭了。

然而黑蚁数量众多。你知道后来怎么样了？若是第一排被堵住，战死了，第二排就立即冲上去，接着第三排也冲上去，但如果全军开上去都阵亡了呢？这真叫我们为之焦灼不安。我们为园子里的这些土著小民族受到由我们引来的这些异族粗野蛮横的侵扰而心酸。

外来者并没有遇到任何挑战，竟然首先启衅杀戮起本地居民来了！应当承认，我们仅仅是从双方实力进行对比的，根本没有对它们的精神力量做出估计。

我们看到，在第一回合中，小黑蚁一边的那种机智和融洽，实在令人惊异。它们每六只蚂蚁去对付一个入侵的庞然大物，每一只都抓住对方一条腿，死死逮住，叫它动弹不得；又有两只爬到大蚂蚁背上，咬住触角，毫不放松。强大的对手肢体都被钉得死死的，一动也不能动，它仿佛失魂落魄迷迷糊糊，对自己的力量优势完全动摇了。于是又有另外几只过来，上上下下，毫无危险地刺死了它。

临近观看这一幕真是可怕啊。不管这些小蚂蚁的英雄行为怎样值得钦佩，但它们的狂怒可真叫人害怕。那些被捆绑起来的可怜的巨人悲惨地被拖曳纠缠、东拉西扯，就像漂泊在大海里似的，漂泊在愤激疯狂的浪潮里，盲目、无力、无法抵抗，仿佛一群被牵往屠场的羔羊。这怎能不唤起我心中的怜悯呢？

我们真想把双方分开。可怎么办？面前是无数黑压压的蚂蚁，人的力量在如此众多的蚂蚁面前消失了。我想了一个再好也没有的法子，把这里遍地都灌上水，一片尽成泽国，但这似乎不行。冲突双方还是不肯停止交战，大水漫过之后，这场屠杀仍然继续进行着。我又想到一条妙计，确实非常残酷，不过却更加厉害，这就是点燃大把稻草，将胜利者和战败者统统付之一炬。

最使我震惊的就是，实际上被捆绑或抓住的只是很少的一些大蚂蚁。如果它们中间那些身子还自由的以迅雷不及掩耳之势，一下子猛扑到这群攻击者身上，就足以致对方于死地，它们准能轻而易举地赢得这场可怕的歼灭战，但是，它们完全没有觉察到这个。它们疯狂地乱窜，这一下刚好闯进了危险的垓心，误入敌军重围。啊！它们不仅仅是败了阵，而且简直就像发了疯啦。那些小蚂蚁呢，觉得这是在自家的土地上打仗，表现出非凡的坚定；外来的大蚂蚁，没个生根之处，竟成了危城覆没后一支绝望的孤军，晕头转向，不知道自己将转徙何方，只感到这里的一切危机四伏，充满敌意，任何躲避的地方都找不着……它们处于一个民族沦丧、失去了神明庇护的悲惨境地！

啊！该原谅它们让我们看到那支散播死亡的大军。那些可怕的、又黑又瘦的小个儿组成的大军这时简直令人恐惧，它们一齐爬上凄凉的土坛，在这块窄狭、窒息、灼热的地方，没有空隙容身，悲愤欲绝，人马杂沓，互相践踏。渐渐地，大蚂蚁败局已定，这当儿黑蚂蚁显出格外骇人的胃口来了。我们看见情况蓦地一变，在它们那不出声的、但又极其雄辩的姿态中间，我们仿佛听见一声呐喊：“它们的孩子都挺肥啊！”

于是这支瘦小蚂蚁组成的贪食大军一齐猛扑到那些婴儿身上。婴孩，品种原本硕大，一个个身体相当重，特别是长方形的蛹壳，圆圆的轮廓，叫人无从下手。两个、三个、四个小黑蚂蚁，齐心协力，好容易才从土坛深处抬起一个，一直抬到油光光的内壁上。它们猛然下了狠心：撕开外壳，取出赤裸裸的幼虫。很不容易撕开，因为幼虫紧紧贴住，它那蜷缩的肢体更像是焊结在一起；这种凶暴而急速的启开弄得它遍体鳞伤，四分五裂，狼藉不堪。那些给割成了碎块的肢体还在颤动，它们就这样给运走了。

一开始抓捕婴孩，我们原来只以为看到了一幕掳掠奴隶的情景，好像这不过是人类社会和蚂蚁社会里发生的极其普通的事情。现在我才懂得这完全是另外一回事。它们残酷地把幼虫从赖以生存的外壳里拖出来，就清清楚楚地表明对于它们在里面生活这一点根本毫不在乎。它们掠走的只是一些肉，是可以食用的肉，是为躺在自家窝里的小蚂蚁准备的下一餐鲜嫩可口的美餐——这些肥胖的幼虫即将被活生生地送到它们瘦小的幼虫口中。

这场对一个种族和婴孩的大规模屠杀真干得利索极了，到了下午三点钟，一切差不多都告以结束：这个城邦已被全部洗劫一空，满目荒芜，将来也永远无法振兴了。

我们相信还有某些逋逃者躲藏着，如果我们把它们连同这毁去的城市迁离此地，运送到园子外面堆放工具的地方去，也许战胜者会放弃这块荒无人烟的土地吧，再没有什么东西可以供它们的家人大嚼了。于是我们就这样做了。

六月十日早晨，人们看见黑蚂蚁布满了通向花园另一角落、那个通向它们故居的小径。看来失败者的命运是终结了。寂寞无声的城市已经不存在了，现在这里成了一座荒冢，只剩下断骸残骨、枯树、北方树木的古老碎片和哀伤的针叶（从前曾经是常绿的松树和杉树的叶子）。所有都跟这个旧城一并湮没了。

我觉得这样一次报复和原来起因或借口的行为如此不相称，这使我感到无比愤怒。我心里改变了初衷，对这些野蛮的黑蚂蚁充满了反感。

我看见不少黑蚂蚁依然不可一世地在这片废墟上高视阔步，于是我粗暴地把它们拂向墙外——那个土坛的边沿。不管人们怎样温和地跟我说这些黑蚂蚁起初曾受到过冒犯，它们在一场殊死的战斗中曾经表现出最大的勇气，也是枉然。这是一群野蛮、残忍而骁勇的部落，就像往昔曾在密西西比河流域和加拿大森林地带居住的那些喜爱报仇的英雄们——易洛魁人和休伦人[1]一样。任何好的理由都不能使我平静下来，这些骇人听闻的罪行总是压在我的心头。我并不想弄死它们，我承认，不过这些凶残的黑蚂蚁如果偶然窜到我脚下，我可决不轻饶。

这灾难的空土坛却令我流连不去，总还是想起它。十一日傍晚，我又来到那里，席地而坐，手托着腮帮，堕入沉思。我的目光凝注在大地深处。一片岑寂中，我执意想看到一点生命的信息、一些什么可以说明这里的一切并未终结的东西。这种坚定的决心仿佛有着某种召唤的力量，就像我的愿望能把这荒城可怜的亡魂召回人间一样。一个劫后余生的遭难者出现了，它急急忙忙想逃出这个屠场，奔跑着……我们看见它还带着一个幼蛹呢。

夜降临了，木蚁处在一个完全陌生的地方，这里四面楚歌，完全是敌方营地。那很少的几个洞穴，你可能把它当作避难所吧，不，那实在只是黑蚂蚁的地狱之门。这倒霉的逋逃客

---

① 十七、十八世纪时居住在加拿大南部的印第安部落，因受白人迫害，今已绝迹。

还背负着幼儿，这可更加重了它的不幸。它仓皇乱窜，不知该去向到哪里。我的眼睛、我的心一直尾随着它，后来，黑夜使它从我的视线中隐没。

蜘蛛

在肥沃的非洲土地上，猎物十分丰富，因此蜘蛛能在这里过着群居生活。她们围绕大树张起一面公用的巨网，共同把守着每条通路。由于时常要跟强大的昆虫打交道（有时甚至要对付某些小鸟），她们在危难中总是通力协作，互相支持。

不过这种集体生活只是个例外，仅限于某些品种，而且也只是在最优越的自然条件下才会发生。这种动物具有猎手的狂野性格，在一般情况下，出于其机体本能和生活的需要，她得靠形形色色的猎物生活，因此她总是处于一种嫉妒、好挑衅、排斥异己的孤独状态。

还要补充说明，她并不像普通猎手们那样，在行猎中只是损失掉一些精力和频繁活动；对她来说，她每次出击花费的代价都非常巨大，而且经常要付出一笔重要投资。她的一生中，每天，每个时辰都得抽出新丝去编织那张为她提供食物和更新养料的大网。因此，为了取得营养，她甘心挨饿；为了恢复体力，她情愿累得精疲力竭。她把自己搞得精瘦，然而心里却时刻巴望着身体壮大肥硕起来。蜘蛛的生活是一种命运的赌博，她把自己交付给千万次无法预卜的偶然性。这样当然使她变成了一种急躁不安的生物，对同类没有丝毫同情心。她在交往中只看到别人是敌手。一句话，这完全是一种自私自利的动物，要不这样，她就会被消灭。

最差劲的就是这可怜的动物长相丑得出奇。她不像有些动物只是肉眼看上去很丑陋，但若是放到显微镜下面去仔细观察一番就会觉得迥然不同。基于某种强烈的职业特性，我们常常用人的眼光去评价她：某个肢体萎缩了，另外某个地方又过分夸张，以致失去了总体的和谐。铁匠常常是个驼背，同样，蜘蛛总是大腹便便。在她身上，大自然为了她的专业行当，为了需要，为了满足这种需要而产生某些重要器官，把其余的一切都牺牲了。她是个工人，一个制作绳索的工匠、一个纺纱工和一个织工。你别老瞅着她那副尊容，要看她的艺术成品。她不仅是个纺织工，而且本身就是一个纺织厂。那紧缩的、圆滚滚的胴体，外加八只脚爪，头顶上长着八只高度警惕的眼睛，她那偏过一侧的隆起的大肚子可真叫人吃惊。那份极难看的怪模样，疏忽而轻率的观察者可能只看到她的饕餮吧。嘿！恰恰相反，这肚子可是她的工作车间、她的仓库，是制绳工人摇纱时携在身边盛棉纱的一只口袋；不过，她这只口袋可只是专门装养料的，她拼命撙节，这样才能使自己变得肥硕。你看看她的全身吧，其他部分瘦削得像根柴枝似的，但总腆着个肚子，鼓鼓的像个宝贝。这里是她劳动的必需资料，她经营工业的希望所在，也是她未来的唯一保证。真是个典型的工业家。“假如我今天忍饥挨饿，”她说，“兴许我明天可以饱餐，但万一我的工厂关了门，那就一切都完蛋了，所以我的肚子必须停止活动，永远节食。”

我头一回跟蜘蛛打交道可一点也不是什么愉快的事。在生活拮据的童年时代，我独自一人在我父亲开的那家小印刷所里干活（我在《人民》一书里谈过）。当时印刷所已濒于倒闭，临时车间设在一个地窖之类的房子里，光线还可以。在我们居住的大马路这一边是地窖，而在巴斯街那边却是间门面房子。到了中午，才有一小道阳光从带栅栏的大气窗里斜斜地透进来，映照在我排字用的那个小小的铅字盘上。这时，我总是清楚地看见墙角上一个怯生生的蜘蛛向字盘爬去，可能她认为阳光会给她带来某些晕乎乎的蠓虫作午餐吧。尽管我心里感觉有些嫌恶，我还是仔细观察着她那腼腆、舒缓而乖巧的细微动作，她似乎在察访她准备委托自己生命的这个人的性格。她用八只眼睛着着实实地打量着我，仿佛在思惴着：“这是不是一个敌人呢？”

我没有分析她的形状，也没有仔细辨认她的眼睛，我感觉到自己正被她注视、考察。过了好一会儿，看来她在观察中对我颇有好感，也许是由于劳动的本能吧（比起同类来这只蜘蛛很大），她感觉到我大概还算是个温和的劳动者，像她一样，我也在那儿忙着织我的网吧。不管怎么说，她不再那么躲躲藏藏了，也不那么小心翼翼了，下定决心，就像已经做出了某种坚定但有些冒险的步骤似的。她不乏优雅地从蛛丝下降，落在我们的共同疆界——我的铅字盘的边沿。这时淡淡的太阳正射出一道金黄色的光芒照在那上面。

我心里蓦然产生了两种感情。我自认为从来不曾有过如此亲密的交往关系，我也想不起曾有过一位像她这样的朋友；另一方面，这个谨慎小心酷爱观察的小小生灵并没有认错人，没有虚掷她的信任，她在对我说：“喂！为什么我不可以稍微享受一下你这儿的阳光呢？尽管彼此如此不同，但我们都是从清苦的劳动和阴冷的暗处过来，光临这温暖而辉煌的盛宴的……

请接受我的这颗心吧，让我们如兄弟般友好吧。你让我共享这道阳光，那么也请从我这儿接受我心中的阳光吧，收下吧……它将在半个世纪里，永远照亮你的冬天。”

海*

* 此辑中诸篇都是米什莱不同时期在海滨小住时所作。

从格朗维尔岸边观海

有个勇敢的荷兰海员，是一位坚定而冷静的观察家，他的整个一生都是在海上度过的。他坦率地说起大海给他的第一个印象便是恐惧。对于陆地上的生物来说，水是一种不适合呼吸的、令人窒息的元素。这道永远不可逾越的天堑把两个世界截然分开了。若是人们称之为海的这泓浩渺的水，迷茫、阴沉而深不可测，它的出现在人的想象中留下了极其恐怖的气氛，我们也不必大惊小怪。

东方人认为海只是苦涩的漩涡、黑夜的深渊。在所有印度或是爱尔兰的古代语言里，海这个字的同义词或类似词乃是沙漠和黑夜。

每天傍晚，观看太阳——这世界的欢乐和一切生命之父——没入万顷波涛，真给人以极大的苍凉感。这是世界，尤其是西方的悲哀。尽管我们每天都看到这个景象，但仍然感觉到一种同样的力量、同样的惆怅压在心头。

倘若人没入海中，下沉到一定深度，立即就会看不见亮光；人进入某种混沌朦胧之中，这里永远是一种色泽——阴森森的红色；再往下去，连这点色泽也消失了，只剩下晦暗的长夜，除了偶尔意外地闪过几道可怕的磷光之外，完全是一片漆黑。这无限广阔、无限深沉的海域覆盖着地球的大部分，仿佛是一个幽冥的世界。这就是使原始时代的初民震惊、畏惧的原因。他们以为没有亮光的地方生命即已终止，除了上层之外，这整个深不可测的厚度，它的底（如果这深渊还有底）是一个黑夜的偏僻去处。那里除去无数骨殖和断残的木片，只有荒寂的沙、碎石，悭吝困顿的环境只取不予。它们怀着妒意把那么多人类失去的财物埋葬在它深深的宝库中。

这空灵剔透的海水丝毫不能使我们安心。这不是动人的女仙居住的幽涧清泉。这水浩渺瀴溟，昏暗而沉重，终日猛烈地拍击着海岸。谁到海里去冒险，谁就会感到仿佛被高高托起。是的，它帮助了游泳者，但一切仍然由它操纵；你会感觉到自己仿佛一个孱弱的孩子，被一支强有力的手臂摇晃、荡漾，不过，记着：它随时都能使你粉身碎骨。

小船只要解开了缆绳，谁知道一阵狂风、一股无法抵御的潮流会把它冲到哪里去呢？就这样，我们北方的渔夫才在无意间找到美洲极地，带回了不幸的格陵兰的恐怖消息[①]。每个民族都有自己关于海的传说和故事。荷马[②]、《一千零一夜》[③]给我们保留了大量令人骇异的传说。多少暗礁和风暴，危险万分的大洋的静止状态，人们遇上它往往就被困在水上渴死。还有吃人的生番、妖魔、海怪、长蛇[④]和海中巨蟒等等。从前最勇敢的航海家、腓尼基人和迦大基人，曾经企图囊括全球的阿拉伯征服者，为黄金和赫斯珀里德斯四个女儿传说[⑤]所吸引，跨过地中海，朝着大海进发，但马上就停止了。在到达赤道之前他们遇到了永远是彤云密布的那条黑线，他们无法前进，只好停下，叹息“这是幽冥之海啊”，于是他们掉转船头，返回故乡。

---

① 在哥伦布发现美洲以前，冰岛人早已发现了格陵兰；还有人认为北欧的渔民曾到过北美洲海岸。

② 荷马在《奥德修记》中叙述了乌利西斯的海上历险故事。

③ 这里是指《一千零一夜》中水手辛巴德的故事。

④ 海怪：指《圣经》中描写的海怪。长蛇：古时候挪威人相信海中有蛇，身长达数公里。

⑤ 希腊神话中夜神赫斯珀里德斯的四个女儿，负责看守该亚作为结婚礼物送给赫拉的金苹果树，但赫拉克勒斯骗过她们，摘了三个金苹果。

“假如侵犯这一圣地，就是渎神。对于按照亵渎的好奇心行事的人，灾祸必将降临到他头上！他们在最后一个岛屿背后看见一个巨人，一个可怕的神灵。神灵大声说：‘不准再走远了。’”

对于旧世界这种颇有点稚气的恐惧跟一个从内地来的、毫无经验的普通人突然看到了海的那种激动心情并没有什么不同。可以说任何人意想不到地见到大海都会产生这种印象。动物显然会惊慌失措。甚至退潮时，海水显得柔和、宽容，懒洋洋地曳过岸边的时候，马仍然不禁为之辟易，浑身战栗，嘶鸣不已，用它自己的方式诅咒着可怕的浪花。它永远不会跟这个它觉得充满敌意的可怕事物和睦相处。一位旅行家曾对我们讲起堪察加[1]的狗，要说它早该习惯于这种景象了，但仍不免恐惧、激动、愤怒。它们千百成群地在漫漫长夜中向呼啸的波涛大声咆哮，疯狂地向着北冰洋冲击。

西北部的江河那忧郁的流水，南方广阔的沙漠或布列塔尼的旷野，都是天然的津梁、海洋的前庭，从这些地方就能预感到海的伟大。任何人倘若从这些渠道到海上去，一定会为这种预示着海洋的过渡地带而惊叹不置。沿着这些河流，全是灯心草、柳树，各种植物宛如波浪翻腾，一望无际。水也是依次混

---

① 西伯利亚东北的半岛。

合，渐渐发咸，最后终于变成近海。在这片荒野中，在到达大海之前，先看到的往往是生长着蕨类和欧石南属粗而低矮的草的浅海地区。当你还在一二法里之外的时候，你就可以看到不少瘦小、羸弱、若有愠色的树木，用它们的形态（我是说它们各具奇异的姿势）预示已经接近这位伟大的暴君和它威慑的气息了。如果说这些树木根部没有被攫住，那么它们显然是想逃遁；它们背对仇敌，向着陆地眺望，仿佛准备离开，披头散发地奔溃疾走。它们弓着身子，直弯到地面，好像无法站定，尽在那儿随着风暴扭来扭去。还有些地方，树干短矬，让枝柯向横里无限延伸开去。海滩上，贝壳散散落落，涌起一些细沙；树木都已为沙土侵入、淹没。没有空气，毛孔全堵塞了，树已窒息而死，但却依然保留着原来的姿态，待在那儿成了石头树、鬼树，禁锢在死亡中，凄凉的影子永远不会消失。

在没有看见大海以前，就听说并猜想到它的可怕了。开始，远方一阵阵苍郁而整齐的嘈杂声。渐渐，一切喧哗都给它让位，被它淹没了。一会儿，人们注意到这庄严的更迭，同样强烈而低沉的吼声不住地回旋，愈来愈奔腾狂舞起来。大钟不规则的响声荡漾起伏，这是在给我们计时吧！不过这钟摆没有那种机械的单调乏味，人们仿佛感觉到生命的颤动声息。确实，涨潮的时候，海面一浪推过一浪，无边无际，有如电掣，随着海涛而来的贝壳、千万种不同生物的嘈杂声和疯狂澎湃的潮音交错在一起。落潮了，一阵阵轻微的嘁嘁喳喳使人知道海水和着沙土把这帮忠实的水族又带回去，纳入它浩瀚的怀抱。

海还有多少别的声音啊！只要她激动起来，她的怨啸和深沉的叹息跟忧郁海岸的岑静形成对比。他仿佛正在凝神谛听海的威胁。远海，昨天还曾经以她温馨的柔波抚弄过他呢，现在她要对他说什么呢？我不想预测。在这儿我一点也不想谈起兴许她将要给予的可怕的交响音乐和山岩的二重唱，她在洞穴深处发出的低音和沉闷的雷响，或者那种令人震惊的呼喊（人还以为在喊“救命！”呢）。不，让我们在她低沉的日子倾听吧，这时她矫健有力但不凶猛。

格朗维尔原属诺曼底，但外观酷似布列塔尼。它骄傲地用它的悬崖峭壁抵挡住巨浪的凶猛冲击。巨浪有时从北方带来英吉利海峡洋流不调和的狂怒，有时从西方卷来千里奔驰中不断壮大的洪波，以从大洋积累起来的全部力量进行搏斗。

我喜欢这奇特而略略带点哀愁的小城，这小城的居民们依靠最危险的行当远海捕鱼①为生。家家都懂得他们所恃的只是碰运气的彩头，或生或死，拼着性命干活。这一切使得这

① 他们总是在新地沿岸捕鳕鱼。

海岸的性格染上一种认真而和谐的气氛。我常常在这里领略这份黄昏的惆怅，或者在下面已经显得有些阴暗的海滩上散步，或者从位于山崖绝顶的城堡上观看日头渐渐沉入微蒙着雾霭的天边。那茫无涯际的半圆时常印上一道道黑色和红色的纹路，逐步沉没，不停地在天空绘制出奇妙的幻境，万道霞光，令人目眩。八月，已是秋季，这里已经不大有黄昏了。太阳刚下山，立即吹起凉风，浪花涌起，黯淡无光。只见不少披着白色衬里黑斗篷的妇女的影子在活动。倾斜的山坡牧场俯临海滩，高可百尺，野草稀疏，还有一些羊群滞留在那边，发出咩咩的哀鸣，益发增人愁思。

城堡很小，面临大海，北面全呈黑色，笔直地耸立在深谷边缘，迎风独立，极其冷峭。这里不过是一些陋屋。人们把我带到一个专门制作贝壳画的手艺人家。踏着石级，走进一间阴暗无光的小屋，从窄狭的窗户里我看见这份凄惨景象，这使我就像从前在瑞士的时候一样激动。那时，我也是从一扇窗子里，完全出其不意地眺望到格兰瓦尔德[1]的冰川，我看冰川好像一个尖头的冰雪巨魔向我迎面扑来；而这里，格朗维尔的海，波涛澜汗，有如千军万马，奔腾而至。

---

① 此地在伯尔尼群山中。

这位屋主人并不老，但身体非常虚弱，易于激动。八月天气，他家的窗户还用破纸糊着。我一边观看他的作品一边与他谈话，我看得出他的脑筋有些颓唐，已经被某些家庭事故损坏了。他的兄弟早已在一次残酷的冒险中，于这个海滩上死去。他觉得海就是灾难，海似乎总是对他怀着恶意。冬天的时候，大海总是不倦地用冰雪和凛冽的寒风抽打着他的窗子，不让他安睡；在漫长的黑夜里，她一刻不停不息地冲击着他屋下的山崖；夏季，海向他显示出不可估量的雷雨，漫天闪电；逢上大潮的时候，那就更糟，海水上涨到六十尺，狂怒的浪花跳跃得更高更欢，蛮横地一直打进他的窗子。当然不能肯定海永远坚持在那里。海满含敌意，会狠狠地作弄他一番。他真无法觅得一个避身之所，兴许他也在不知不觉间被什么鬼魅吸住了吧，好像不敢跟这位可怕的神祇彻底闹翻。他对海仍然保持着某种敬意。他从来不谈到海，通常总是暗指但从不直呼其名，就像冰岛人在海上航行时不敢呼叫乌尔格[①]一样，以免它听见了就会到来。屋主人凝望着海滩，说：“这叫我害怕。”现在，我还能看见他那张面色苍白的脸。

---

① 即指北欧传说中的海中怪兽，能吞没船只。

军舰鸟

军舰鸟是一种海上猛禽，它总是在波涛上翱翔，从来不在陆地栖息。

当太阳西沉、夜色蓦地笼罩大海的时候，水手们乍看到一种不祥的小小形体，一种忧郁的黑色的鸟，往往感到非常惶惑不安。确实，说它是黑色的并不确切，黑色还比鱼鲜艳呢，这鸟儿的真正色调无以名状，可以说是一种模模糊糊的暗褐色。一团地狱的阴影，或者是一场噩梦，在水面上漂过，在波浪之间漫游，把暴风雨踩在脚下。这海燕（或海鲂）是航海者最怕见到的东西，他们认为这是厄运的征兆。这是从哪儿来的？离陆地这么遥远，从哪儿突然会出现这玩意儿呢？要不是即将发生海难，它们又是来寻觅什么的呢？瞧它们不耐烦地飞来飞去，那样子一定是已经选好了什么尸身了吧。凶残而可恶的海啊，你这个同谋，是你把尸身扔给它的吧。[①]

这一切都不过是虚构的恐惧罢了。一些不太胆怯的人在这可怜的鸟儿身上兴许会看到另一艘海船的失事，一个疏忽大意的航海者兴许在某个远离海岸的地方，毫无保障地遭到了海难。这条船对军舰鸟来说正是一个小岛，可以供它栖身。这条船乘风破浪在水面上留下了唯一的航迹；这已经是一个避难所、一个帮助它从疲劳中恢复的地方。鸟儿不停轻捷地飞起，把船上的楼堡置于它自己和暴风雨中间。由于人们既腼腆又近视，只是在入夜时才能看见它。它很像我们，惧怕雷雨，它怕，它不愿死，它也像海员一样，说："要是我死了，我的孩子们怎么办？"

黑夜消逝，阳光重现，我看见天空中小小的一角蓝天。在那暴风雨上面，依然是和平肃穆、幸福而宁静的地方。在这角蓝天里，一只翅膀修长的鸟儿，庄严地翱翔在万仞高空。是海鸥吗？不，它的翅膀是黑色的。是老鹰吗？不，这鸟儿身量很小。

---

① 米什莱指出从前海员有一种迷信，认为军舰鸟的出现是船只失存的预兆。

这小小的海鹰堪称羽族第一。它是从不卷帆的大胆航海家、暴风雨中的王子、千重万重危险的冷静观察家，这斗士就是军舰鸟。

没有躯体：它的躯体比公鸡还小，但是它那神奇的垂天之翼舒展开来长达十四法尺[①]。飞行中最重要的是坚韧和超越，否则任翅膀展开多阔也没有用。这样的一只禽鸟，它就倚靠这些，由着自己随风飘荡。雷雨来了吗？但它飞上了一定高度，在那上面它感到无限宁静。这不是什么诗意的隐喻，它完全与其他禽类不同：它实实在在高卧在暴风雨之上。

若是它想认真划上几下，于是一切的距离全消失了。它朝食于塞内加尔，入夜就到美国去进晚餐。

或者，若是它想多花点时间，在旅途中嬉游，那么它尽可以去嬉游；它将在漫漫长夜里不停地继续航行，但仍能保证休息……依靠什么？依靠它凝然不动的长大的双翼。它双翼展开，浮悬空际，御风而行。风像侍从似的殷勤地将它摇荡，空气承担了它旅行的疲累。

请记住这奇特的生物还具有许多无畏的高贵品质。躯体虽小，但异常矫健大胆。它敢于向任何空中霸王挑战，必要时甚

① 法国古长度单位，一法尺合325毫米。

至敢蔑视白尾海鸥和南美大兀鹰。这些巨大而笨重的猛禽飞起来摇摇晃晃，十分艰难，而在这时，它早就轻易地飞出去十法里之遥了。

当我们在热带那瓦蓝瓦蓝的天空，那不可思议的高度上、肉眼几乎看不到的地方，瞥见一只黑鸟豪迈地飘过来，雄姿倜傥，任意翱翔，简直令人羡煞。略微低点的地方，还有一只雪白的鹲鸟悠悠自得地在空中盘旋，打着转儿。

然而，逼近审视，却叫我大吃一惊：这飞禽王国的佼佼者竟没有因自由生活养成一副宁静的外表。它的眼睛那样严酷、暴戾、闪烁、焦躁不安。它那痛苦万分的神态仿佛一个不幸的海岸哨兵，时刻监视着无边的大海。它不能不这样，要不会被杀死。这鸟儿显然正努力向远方瞭望。若是目力不济，它的黑脸也会黯然失色；大自然会惩罚它，让它死去。

逼近了注意看它，这才看出它简直就没有脚，至少是很短，蹼足，不能行走，栖息时蹲着。它有巨大的嘴喙，却没有真正海鹰的利爪。它算不上鹰，但它的胆量和飞行能力确实比鹰还高，只是它力气不大，没有不可战胜的攫夺力量。它冲击并杀死对方，可是它能抓得住吗?

因此它的生活完全是不稳定的，只好靠侥幸，进行私掠的海盗式生活，不像个正经航海者经营的生活。从它的脸上总能明显地看出这个老问题来："我的晚饭怎么办？……今晚我将拿什么喂我的幼雏呢？"

它那颀长而壮丽的双翼，一触及地就成了一份危难、一件麻烦事儿。为了飞上天空，它需要大风或是一处高丘、一个岬头、一块岩石。倘若它栖伏在它经常歇息的平坦沙滩、洲渚或低凹的暗礁上面，突然为人发现，这时的军舰鸟是毫无防卫能力的；尽管它发出威胁，企图袭击也是徒然，它只有束手待毙，被乱棒打死。

但当它翩然奋翼，飞临海国，那宽阔昳丽的翅膀却不适宜于低低地掠过水面。若是沾水浸湿了，它的躯体就会沉重下坠。这下子可是大难临头！它会成为大鱼口中的美味，成为它原来想吞食的低级水族的食物：猎物吃掉了猎人，抓人的自己反而给抓住了。

那怎么办呢？它的食物在水里啊。它必须接近水，再从那儿折回，必须不停地轻轻掠过这威胁它、妄图吞没它的、可憎而丰富的海。

这个带翼的生物在眼力、飞行能力、胆量方面比其他鸟类都优越，但是它过的只是一种颤抖而脆弱的生活。倘若它没有本事为自己创造一个食物供应者，那么它只有去骗取食物。它的办法，嘿，多卑鄙，就是袭击一种肥大而胆怯的鸟——鲣鸟，这可是个捕鱼能手呢。军舰鸟躯体不大，盯在鲣鸟后头拼死追逐，用嘴啄它的脖子，逼它把食物吐出来。这一切都在空中干，鱼掉下去，还没落地，军舰鸟就猛地闪过去，在半空中一口攫住。

如果这个办法不行，它甚至敢袭击人。一位旅行者说道："航行到阿尚雄[①]的时候，我们遭到了军舰鸟的袭击，有一只竟想从我手里夺走一条鱼。它的伙伴纷纷飞集在煮肉的大锅上方，争抢锅里的肉，对围在锅旁的那些水手毫不在乎。"

比尔[②]曾经看见过许多老病伤残的军舰鸟歇在礁石上，这礁石好像是这些伤残者养息的地方。它们从鲣鸟幼雏的食物中掠走一部分，以供享用；鲣鸟仿佛是它们专司膳饮的臣仆。不过，当它们年富力强的时候，它们是很少沾地的，它们像流云一样生活，巨大的翅膀经常翱翔于海天之间，等待好运；它们用严肃的凝视刺破那无边无际的苍穹和碧海。

第一流的羽族是永不栖息的飞鸟，第一流的航海家是永不停航的海员。陆地、大海，对它几乎都是禁地。永远无定的流亡者啊！

我们什么也不必羡慕。这尘世间没有任何生存是真正自由

---

① 南非洲的一个小岛。
② 十八世纪英国航海家。

的，没有任何天地是足够广阔的，没有任何飞翔是足够伟大的，什么翅膀都不行。最强的羽翼就意味着奴役。心灵所期待、祈求、希望的应该是另外一些：

超然于生命之上的双翼！

超越了死亡之外的双翼！

1859年十月的一次风暴

我每次从圣-乔治到洛华杨[①]去，总要在这只有几个小时的短途旅行中无遮无蔽地遇上暴风雨。我才爬上圣-乔治的葡萄地和海岬的荒原，暴风雨就铺天盖地地向我压来，当我沿着洛华杨那宽阔的半圆形沙滩行走时就越发厉害了。这块荒原，即使在十月，仍然是野花芬芳，我仿佛觉得这时的香气比任何时候都更加浓郁，沁人心脾。在依旧平静的海滩上，风吹拂着我的脸庞，又温暖又柔和。大海似乎也不乏温柔情态，尽用它值得怀疑的抚摩，时时漫起，轻舐我的双脚。我可没有上

① 作者当时是沿吉隆特河湾旅行。

它这个当，我觉察到这其中似乎正酝酿着一些什么。

在连着几个非常晴朗的夜晚之后，作为前奏，这一夜刮起了猛烈得可怕的大风。接下去又来了好多次，特别是二十六号这一天。这天夜里，我心里老是揣想着巨大的灾难即将降临。我们的水手都已出海。在这秋分时节长时间的嬗变中，人们起初还有所期待；后来，这情况延续下去，终于唤醒了责任心和职业感；人们走到外面，冒着千难万险大干起来。这给了我十分强烈的印象。我心里想："准是有人罹难了。"

尽管天气恶劣，还是有一条领港的小艇驶过去，从危险的航道中搭救那艘船。我瞥见一个遇难者突然被抛向空中，而小船本身也几乎立即沉没，大家都束手无策。这不幸的水手丢下了三个孩子和一个怀着孩子的女人。尤其令人伤心的是这个杰出的小伙子，基于一种崇高的爱心（水手们都不乏这样的爱心），刚刚才娶了一个失去劳动力的穷苦女孩（她因为意外事故而失去了指骨）。她是个残废，又怀了孕，而今又成了寡妇，这境地多么悲惨。

有人募捐，于是我到洛华杨去送上我的一份小小捐款。在那儿我遇到一位领港员，他带着极大的痛苦跟我谈起这件事："我们的职业就是如此，先生。特别是海上气候恶劣的时候，我们更要出海。"海上警务处的官员手上拿着一本活着的和死去了的海员登记册，他比谁都了解这些家庭的命运，他的神情看上去既忧郁又焦灼不安。人们深深感觉到这才是个开始。

我在沙滩上继续向前走去，在这一相当漫长的行程中，我有暇可以在渐渐向着四边展开到八至十法里大小的一块云层里观察研究。我的左边，是圣东热[①]，我阴郁而消沉地沿着它的边缘走去。右边，是梅多克[②]，河流把我跟这个地区隔开，这里沉浸在一片昏暗的静谧之中。在我后头，从西侧大西洋那边，升起一大堆乌云。我面前，一阵阵席卷大地的罡风，正朝波尔多猛吹。这风沿着吉隆河顺势而下，简直像准备在这浩浩荡荡的河上掀起巨大的波涛抵挡住洋面涌起的苍凉屏障。

我仍然处于犹豫之中，凝神望望身后，又向科尔端[③]那边远眺过去。我仿佛觉得它屹立在礁石上，周身笼罩在一种神奇的灰蒙蒙的色泽之中，高耸的灯塔好像一个幽灵似的在不断号叫："灾难啊！灾难啊！"。

我估计了一下整个情况。我看得清楚，地上的罡风不仅即将衰歇下去，而且肯定会成为敌对方面的助手。罡风极其低下

---

① 吉隆特河北面，下夏朗德省的南部地区。

② 吉隆特河南部，这里盛产葡萄。

③ 科尔端是吉隆特河出海处的一个小岛，上有灯塔，建于亨利四世时。

地贴着吉隆特河河面掠过、冲破，扫荡了一切下方的障碍物，替大洋方向飘来的阴云铲平了道路。这风，就像一根滑溜溜的轨道似的，那些飞升的云团在它上面更加迅疾地游动起来。一会儿工夫，从地上来的什么都完结了，什么风都停止了，一切都已在蒙蒙灰色中熄灭，无牵无碍，高天的飓风支配了整个大地。

当我到达圣-乔治附近的瓦利埃葡萄地时，许多人都在地里，匆忙地赶着完成应做的农活，他们大概想到要很长时间不能劳作了吧。头一阵骤雨落下来了，一时人们只好纷纷跑向屋里躲避。

我曾经历过多次雷雨的袭击，我也读过上千种关于暴风雨的描述，于是我沉着气，静待一切。然而什么也无法使我预见这次风暴的结局，暴风雨持续的时间很长，异常猛烈，自始至终，毫无缓和迹象。若是或多或少地稍微停歇片刻，或者更加强烈，哪怕有一丁点儿变化，人们的心灵和感官也会从其中得到某种缓和、喘息，也确实需要略略有些改变。但是这里，连续不断的五天五夜，无增无减，完全是同样的狂风暴雨，在恐怖中毫无变化。没有一声雷响，就一个巨大的灰色帷幕笼罩住整个天宇；人们感觉好像被包裹在一大块悲怆的尘埃织成的尸布中间，没一丝亮光，到处都是郁怒得令人绝望得像铅、像石膏似的大海。海只有一种音调，一个巨大的水壶沸腾时的呼啸。任何恐怖的诗篇也不像这份散文这样激动。永远，永远是同样的吼声：“呜！呜！呜！”或是“吁！吁！吁！”

我们住在海滩上，此时我们已经不是这一场面的旁观者了，我们都被卷了进去。一眨眼海水已经漫到我们面前二十步。海每敲打一下，我们的房屋就不停地震颤。窗户受到了（幸亏还略略偏过一边）饱含激湍（不，这是洪水，洋面也掀起了倾盆大雨）吹来的西南风的袭击。从第一天开始，就必须急急忙忙（当然也不是毫无困难）关上窗板；如果要想像白天那样明亮，还得点上蜡烛。在目光可以远瞩田野的房间里，嘈杂、震荡，非常明显。我坚持工作，好奇地看着这种专横、粗犷的力量是否能成功地压制、束缚住一个自由的灵魂。我在思想上力持镇静，控制住自己；我一边写作一边小心翼翼地注意着。不过时间一长，疲倦和缺少睡眠大大损害了我身上的潜在力量，这个作家最精妙的东西，我想，这就是某种节奏感吧。文思不畅。在我的思维中，这根弦已经断了。

凄厉的嚎叫毫无变化，稀奇古怪的声音跟着烈风向我们猛扑过来。我们这所房屋正挡住风，成了大风以千万种姿态攻击的目标。有时，突然猛地一击，轰在门上，不住地摇撼，就像一只强劲的大手在撕裂窗板。壁炉里传出几声尖锐的号叫，因为无法进入而迸发出哀叹，因为我们闭门不纳而发出恫吓，终于它愤怒已极，仿佛发下狠心要把屋瓦整个连根掀翻似的。这一切喧嚣都被巨大的呜呜声掩盖下去。这场风暴的范围多么广阔、强悍、可怕！我们感觉风还在其次，主要它挟着瓢泼大雨侵入，横冲直撞。我们的房屋（我真想说我们这只大船）漏水了，阁楼洞穿了，豪雨倾盆下注。

现在事情更严重了！疯狂的暴风雨使出了绝望的气力，把窗户上的枢承从护窗板上拔掉了，这样一来，窗子虽然关着，但是它颤抖、摇摆、晃动不停。一定要把它弄结实，把枢承牢牢地用铁铰链连接在撑持得住的护窗上，要这样做，只有冒险打开窗子。尽管外面还有窗板挡着，可我打开窗子的时候，只觉得自己就像置身于一阵旋风中间，几乎被有如可怕大炮轰鸣般的巨响震聋了，隆隆的炮声不断地在耳畔轰鸣。我从缝隙中瞥见了一种不可估计的力量，那是波涛自身交错地在冲击、迸裂、溅落。下面的狂风掀起了浪花，沉重的庞然大物羽毛似的漂向原野。若是我们的护窗板脱落了，窗子倒塌了，风挟着巨大波涛冲进了我们的家，强劲的龙卷风把我们冲进了恐怖搅动的旷野，那将会是什么情景呢？

我们竟然在陆地上碰上了海险，这真是一次奇异的遭遇。我们的房屋那非常突出的屋顶全部要被掀掉，要不也许就是整个一层。村子里的人对我们说，他们焦虑，每天夜里都是这样悬念、思索。人们劝我们离开，但我们估计这次如此漫长的雷雨终归要结束的，于是总是这样回答："明天吧。"

从陆地传来的尽是船只失事的消息。十月三十日，离我们不远的地方，一条载着三十多人从南方海域开来的船在这条航道沉没了。它在避开了岩石、暗礁之后，行驶到一处细沙平铺的小海滩，那儿是妇女们常来进行海水浴的地带。就在这温柔的沙滩上，那船被旋风高高擎起，又重重跌落下来，就这样摔倒、松散、迸裂开来。船身躺在那儿，像一具僵尸。船上的人怎么样了呢？一点痕迹也找不到。人们揣想兴许一切都早已从甲板上一扫而光了。

这个悲剧性的事件使人猜想到由此而产生的许多别的事情，全是灾难。但是海似乎还觉得意犹未尽。大家都已筋疲力尽，海呢，还没有。我看见领水员冒着危险在西南方那个笼罩住他们的云层后面，在仔细观察，摇着头。他们真是幸运，这时候没有任何船只敢进港，要求他们支援。要不，他们肯定会在那儿准备献出自己的生命。

我自己也毫不厌烦地凝视着眼前这片大海，满怀憎恨地盯着它。既然自身并未处于真正的危险之中，我更多地对此抱有一种厌烦、失望之感。海是丑陋的，一副令人憎恶的模样。

什么也无法唤起诗人的那些虚幻的美丽画面。只是，这真是个奇怪的对比，我越是自己感到黯然，海那样子好像越是生气勃勃。这些被如此狂怒的动作涌起的浪头简直生机盎然，仿佛一个奇异的灵魂。在普遍的愤怒中，每个心灵都有着它自己的愤怒。在总体的一致中（这是真实的事情，虽然是矛盾的），有着一种恶魔似的“万头攒动”的感觉。难道是我的眼睛和我本人过于疲惫，弄错了吗，抑或是它本来就是这样？她们给予我一种可怕的“众生”相，绝非感觉它们是人，而是一群唁唁狂吠的野狗，千千万万只疯狗……可是我该说什么呢？狗吗，是一群猛犬吗？那倒不是。这是一堆叫人憎恨、无以名之的幻影，一批无眼无耳、满嘴白沫的野兽。

“妖怪，你们想干什么？莫非你醉心于我从各处海岸听到的这些海上的灾难？你要什么呢？——你要的是你的死和整个人类的死亡，毁灭大地，回复到一片混沌中去吗？”

奶之海

海水，即使是从远海汲取的、最纯洁的、远离一切杂质的，也还是略显白色，稍有黏稠，倒在手上从指间流下去，流速十分缓慢。用化学分析无法解释这一特点。海水中含的一种有机质，用化学方法一接触就会破坏，摧毁其特性，粗暴地将其拉回到一般物质中。

海生植物、动物都含有着这种物质，而这种物质的黏液在它们周身起加固作用，产生明胶的效果，有时固定，有时颤动。这样，它们就好像穿着半透明的衣衫。海洋世界比什么都更能让我们产生奇思异想。那里的反光很特别，往往呈现奇妙的彩虹，例如鱼鳞、软体动物的贝壳的反光。软体动物的全部豪华，都体现在它们有珠光的贝壳上。

这一特点，最能吸引第一次见到鱼的孩子。我很小的时候，就碰到了这种情况，至今仍然记得它给我留下的鲜明印象。那家伙亮晶晶、滑溜溜的，全身披着银鳞，让我无比惊喜。我试着抓住它，可是很难，觉得它跟水一样，一下子就从手里溜掉。在我看来，鱼和它游的水是同样的东西。在我模糊的意识里，鱼不是别的东西，正是水，是有机体的动物水。

很久之后，虽长大成人了，但我一看到海滩上有什么东西闪闪发亮，几乎还会那么惊喜。透过海的透明体，我能看出石子、沙粒。海水像玻璃一样无色，有点浓稠，一搅就颤动。在我看来，海水还像古人，还像雷奥米尔[①]所说的那种感觉。雷奥米尔干脆就把这些生物称为“明胶化的水”。

这种印象，如果再看到海面刚形成的白色泛黄长带，就会强烈得多了。在那长带中，海水开始懒懒地生成结实的墨角藻、昆布。这些生物在变成褐色的同时，也加固了表层和外皮。不过，它们还只是初步生成，处于黏稠状态，有一定弹性，好似固化了的水流，越有柔性，黏度也就越强。

这些低级生物，不管是植物还是动物，对于它们的繁殖和

① 雷奥米尔（R.A.F.de Reaumur）：法国物理学家、博物学家，研究软体动物、贝壳动物和昆虫。

复杂的结构，我们今天所知甚多，就不能再拿古人和雷奥米尔的看法来解释了。然而，这并不妨碍我们再回到博里·德·圣万桑首先提出的问题：“海洋的黏液是什么？是水普遍具有的黏性吗？难道不是生命的普遍元素吗？”

我的头脑里萦绕着这些想法，便去拜访一位杰出的化学家。他讲究实际，又有坚忍不拔的精神，是个既谨慎又大胆的创新者。我开门见山就问他：

“先生，海水中含有的这种带黏性、发白的物质，依您看究竟是什么呢？”

“不是别的，正是生命。”

这句话太简单，也太绝对，他随即又补充说道：

“我是说，一种半有机并且完全可以成为有机的物质。在某些海域，这种物质仅仅是密集的纤毛虫；在另一些海域，则可能是即将化为纤毛虫的物质。不过，这项研究有待开展，严格来说，现在还没有开始呢。”

我告别这位化学家，又径直去拜访一位著名的生理学家，他的见解同样具有权威性。我向他提出同样的问题。他的回答很长，也很精彩，大意如下：

我们认识水的结构，并不比认识血的结构多什么。海水中的黏液，看得最准确的，还应认为这既是一种终结，也是一种开端。这是死亡将无数残渣让给生命所导致的后果吗？当然是了，这是一条法则。然而事实上，在海洋世界，吸纳得很快，大多数生物还未到死亡状态，活着就被吞噬了；而大地则相反，毁灭的过程缓慢得多。海洋是非常纯净的场所，战争与死亡提供营养，又不留下任何废弃物。

然而生命，即使未到最后解体的时候，也还是不断蜕变，排除一切多余的成分。在陆地动物，我们人身上，表皮就不断脱落。这种蜕变，可以称为日常的局部死亡，能使海洋世界充满丰富的胶质，正是孕育中的生命应时之需。生命找到了这种普遍排除大量油脂的、还活着的生物残体，还有生命的液体物，这些都处于悬浮状态，还没有来得及死亡，而且不待回归无机体，就迅速进入新的生物体内。在所有的假设中，这恐怕是最接近真实的一种。离开这种假设，那就要陷进极端困难的境地。

如今这些领先、极为严肃的人物的见解，同将近三十年前乔弗鲁瓦·圣伊莱尔[①]的主张也绝非水火不容。当年，乔弗鲁瓦·圣伊莱尔认为，自然万物从普遍存在的“黏液”中汲取生

---

① 圣伊莱尔（Geoffroy Saint-Hilaire）：法国博物学家、动物学教授。

命，他说道：

“这是可转化为动物的物质，是有机体的初级形态。无论动物还是植物，在生命的初级阶段，不管多么弱小，也无不吸纳并制造这种黏液物质。它们因为极其孱弱，也就大量增长。”

最后这句话，为海洋生命开拓了一种深刻的见解。海洋的大部分孩子，似乎都是胶质状态的胎儿，它们吸纳并制造黏性物质。这种物质充斥海水，赋予海水一种无限大的子宫，不断生出的新的孩子，如同游在温暖的奶水中。

让我们观赏这神圣的事业，汲取一滴海水，我们就会从水滴里看到，原初的创造又重新开始了。

谁能预见这滴海水的未来？——植物—动物、动物—植物，哪一种会首先生出来呢？

这滴海水，会成为纤毛虫、单子，并且在蠕动和震颤中，很快变成弧菌吗？然后再一级一级往上进化，真蛸、珊瑚或珍珠，经过上万年，也许能达到昆虫的等级吧。

这滴海水，将要达到的境界，会是一根植物丝吗？那纤细的绒毛，甚至不会被人视为一种生物，但是已经不亚于一位年幼女神初生的发丝，敏感的爱的发丝，说得精辟些：维纳斯的秀发！

这绝非寓言，而是自然史。这滴海水，在自然两界（植物界和动物界）中越变越稠，而自然两界的这根发丝，正是生命的长子。

您往水泉深处瞧，开头什么也没有看到，继而，您就会看出有些水珠略微浑浊。再用放大镜观察，这浑浊是小小云朵，或为明胶状，或为絮团状。进而放到显微镜下观察，云朵就变得纷繁了，好似一团菌丝体，细头发丝，恐怕等于女人最细头发的千分之一。这就是生命要组织起来，怯生生的初步尝试。这称为刚毛藻，在淡水中普遍存在，也存在于静止的咸水中。刚毛藻开始了两个系列的原始植物，即海洋的和海水撤离成为陆地的植物。离开水之后，便进化为种类数不胜数的真菌家族，而在水中的，则有刚毛藻、藻类和其他类似植物家族。

这是生命必不可少的最初元素，在似乎不可能有生命的地方，人们已经发现了这种元素。在含铁和饱含铁质的发暗的水中，在温度很高的温泉水中，您都能发现这种轻微的黏性物质以及类似的微生物。它们仿佛聚成不稳定的水滴，不断游弋蠕动。怎么给它们分类都无所谓：康多尔[①]尊称它们为动物，然而，杜雅尔丹[②]则将它们贬到植物的最低级。无所谓，

① 康多尔（A.P. de Can-dolle）：瑞士植物学家，著有《植物学的基础理论》。
② 杜雅尔丹（Felix Dujardin）：法国博物学家，他的著作描述了细胞质。

它们但求活着，但求通过它们低微的生存，开启长长的生物链，让其他生物有出现的可能。这些微生物，不断从母体水中汲取生命的胶质，并从底层调解营养，提供给其他生物。

这根本不像化石最初生物的样板，不像动物和复杂植物的印记：那些动物（三叶虫）已经有高级器官，例如眼睛；那些高大的植物，也有强健的组织。在进化的前些阶段，为这些生物做准备的那些简单得多的生物，因为躯体柔软而不牢固，完全有可能没有留下任何痕迹。那么，最坚硬的贝类都被撞破而解体了，这些微生物怎么能存活下来，没有消失呢？有人在南方海中见到，长着尖利牙齿的鱼啃噬珊瑚，就像绵羊啃吃树木一样。生命柔软的雏形，有了生命的胶性物，还未长结实，就是消失几百万次，大自然也未必能创造出它那粗壮的三叶虫，它那不可摧毁的蕨类来。

我们应当恢复这些微生物（刚毛藻、微生藻类、介乎动物和植物两界之间的漂浮生物、尚未成形的粒子，而这些粒子时而将植物性嫁给动物性，又时而将动物性嫁给植物性）的权利，恢复它们的长子权，而且从各方面看来，这种权利也应该归属它们。

正是在这些微生物的基础上，并由它们供养，才开始进化庞大的、奇妙的海洋植物区系。

海洋植物区系从这一点开始，我不禁要对它表达我由衷的赞赏。

我祝福它出于三种理由。

海洋植物无论大小，都有三种可喜的特点：

首先，这些植物无害，没有一种能致命。海洋里绝无有毒植物。所有海洋植物，都是健康而有益的，都是生命的恩惠。

这些无害的植物，但求供养动物界。有许多种（例如昆布）含有糖分，有许多种（例如紫色美丽的苔藓，人称科西嘉苔藓）所含的苦味是有益的。所有植物都集中了富有营养的黏胶，尤其好多种粘汁，如中国那里吃的燕窝，就是金丝燕的唾液，还有铁线蕨，是治疗胸部疼痛的良药。今天药方需开碘片治疗的所有病症，以前英国就用海藻类食疗。

海洋植物的第三个突出特点，就是爱的细胞最多。看看它们婚嫁的变异，就会相信这一点。爱是生命为超越自身存在所做的努力，能表现出超常的力量。这一点通过黄萤和别的小动物就能理解：它们激情迸发，直至燃烧起来。这在杂交的植物的身上，也体现得同样明显：在神圣的时刻，海藻就冲出植物性生命，僭越了更高级生命，竭力成为动物。

血之花——珊瑚

在地心，在赤道的暖流中，以及海底火山上，海孕育的生命过于丰富，似乎难以平衡这些创造物了。海超越了植物性生命，她生下的孩子，一下子就要跳到动物性生命了。

然而，这些动物却打扮得花枝招展，那种华丽的装束全是奇花异草。您会看到鲜花、芳草和树木一望无际。看形貌和颜色，您判断那全是植物。可是，这些芳草有动作，这些树木会发怒，这些鲜花能战栗。

搔首弄姿，极有风韵，如影随形，尤为曼妙！在动物和植物的临界，精神以奇妙仙境的漂浮形象出现，证明它开始苏醒了。这是震旦纪，这是拂晓。它以鲜艳的颜色、珠光、珐琅质的色彩，开始讲述黑夜的梦和来临的白昼的思想。

思想！我们敢用这个词吗？不敢，这是梦境，还在做梦，但是会逐渐清晰，犹如早晨的清梦。

在非洲北部，或者在另一端，好望角一带，在植物占统治地位的温带区域，已经出现了生命的竞争对手。它们也像植物一样生长，开花，但是很快就赶上并超过植物。

奇特的灌木，绰约多姿，有柳珊瑚、虹色珊瑚，伸展它们丰茂的扇形。珊瑚在波涛下面变红。

在七彩虹的绚烂花坛旁边，开始长出石头植物，石珊瑚枝杈纷繁（能说是它们的手掌和指头吗？），盛开淡粉色的花，如同满树的桃花、苹果花。距赤道七百法里，以及越过赤道七百法里，都在继续这种梦幻般的奇观。

有些物体还十分暧昧，例如小花冠，是矿物界、植物界和动物界争夺的对象。它们从属于动物，也从属于矿物，可最终还是被植物夺了去。也许生命从岩石状态懵懵懂懂醒来——这些地位极高而又极为自豪的人——虽然尚未脱离这个艰难的起点，但似乎要告诉我们，三界原为兄弟关系，卑微的矿物也有权升级并获取生命，而这正是大自然由衷的渴望。

“我们大地的草场和森林，如果同海洋的草场和森林相比较，就显得荒凉空旷多了。”达尔文如是说。的确，凡是航行在透明的印度洋上的人，看到海底呈现的幻景，都会惊叹不已。那些植物和动物，以其形形色色的自然标志，构成了光怪陆离的景象，令人叹为观止。明胶状软绵绵的植物，肢体形状似茎非茎，似叶非叶，装出胖乎乎的样子，那种弯腰曲背的优美姿态，仿佛要给人以错觉，让人以为它们是动物。而真正的动物却似乎千方百计要成为植物，它们装扮成草木，极力模仿另一界的生物。有一些很挺实，几乎像树木那样永生；另一些则像花朵，刚刚绽开就凋谢了。海葵就是这样，开出淡粉色的雏菊，或者蓝眼睛的紫菀。可是，它的花冠一旦产下一个女儿，一个新生的海葵，您就会眼看着它融化消失了。

海生洞螈、海鸡冠，更是变化无常，呈现各种形状，各种景色。它们扮演植物，扮演果实，舒展为扇形，变成一道树篱，或者蜷曲为圆圆的秀美花篮。然而，这一切都是短促的，

瞬息之间，生命战战兢兢，稍有波动就化为乌有，什么也不留下。一眨眼就完全返回共同的母体中。在这些轻盈的形体中，您还会发现一种像含羞草，长有触角，一触碰就缩成一团，宛若对夜凉特别敏感的花朵。

您站在高高的珊瑚岩礁边上，俯身看见海底铺了海星和笙珊瑚的绿毯，海绵蜷成雪团，脑珊瑚装饰着迷宫，山峦谷地一片色彩斑斓，闪着橙黄色光的绿茸茸石竹，在它们石灰岩的枝

头，轻轻摇晃着大批金黄的雄蕊，钓上它们的小食物。

在这海底世界的上方，仿佛为了遮太阳似的，依依摇曳着柳枝、长藤，或者摆动着棕榈叶，那正是数尺高的雄伟柳珊瑚，以及伊希斯灌木所形成的一片森林。长长的羽状枝丫，蜷曲成螺旋，看着就像葡萄须，用熠熠反光的纤细枝条，将一棵一棵树木连成一气。

这景象很迷人，也乱人心性。这是一种诱惑，犹如一场梦。水，奇妙幻境的仙女，又给这些色彩增添了一副色调流丽的棱镜，一种美妙的动感，一种瞬息万变，一种迟疑不定，一种疑神疑鬼。

我看到了吗？没有，那并不是……那是个物体还是一个影像？……其实没错，那正是生物！我看到的是一个真实的世界，一个在海底居住并嬉戏的世界。软体动物信赖那里，拖曳着它们闪着珠光的贝壳。螃蟹信赖那里，它们四处打猎。还有怪异的鱼，懒洋洋地游动，它们身子极短，大腹便便，全身披着金色和上百种颜色。绛紫色、紫红色的海葵，像蛇一般在精美的海星附近游来游去，而在阳光下，真蛇尾不断地伸缩展卷它那优美的胳臂。

在这种魔幻的境界中，挺拔如乔木的石珊瑚，颜色不大鲜明，却显得更为庄严。石珊瑚之美表现在形貌上。尤其美在整体上，美在共同城池的高雅景观：个体是渺小的，而共和国却宏伟壮丽。在这里，美的强大基础，正是芦荟和仙人掌。在别处，那又是鹿头、鹿角。再换个地方，便是雪松伸展粗壮的枝杈，而这种树首先是横向伸出胳臂，但又一直长高。

这些形体，从前繁花满枝，生机盎然，如今鲜花早已败落，但是这种肃穆的状态，也许对思想更具有吸引力。我爱看冬季的树木，细枝已脱尽茂叶的华装，告诉我们它们原本的样子，尽显它们隐蔽的个性。这些石珊瑚便是如此。它们从绘画变成雕刻，现在这样赤裸，可以说更加抽象，仿佛要让我们明白这些小族群的秘密，而它们正是这些小族群的丰碑。好多石珊瑚的神态，似乎在用奇特的符号向我们诉说。它们相互交织，萦回缠绕在一起，显然是要告诉我们什么事情。谁能来解读呢？用什么话语来翻译呢？

我们能感到，这里面至今还有一种思想，不容易提取出来。我们回到这里，在这里逗留，尽量认读，以为看懂了。继而，这一闪光又消失了，我们只好连连拍额头。

呈现在冰冷的几何图形中的蜂房，不知减少了多少含义！蜂房只是生命的一个产物，然而这里，这可是生命本身。这珊瑚石不仅仅是这一族群的基地和庇护所，还是先前的一个族群，是原生的一代，渐渐被新生的族群所取代，便采用这种恒久的姿态。因此，当初的各式运动、原始城池的形貌，还是那么显而易见、令人心惊，一种不容置辩的真实，犹如赫库兰尼姆或庞贝城某处鲜活的细节。不过这里，全部变化都是渐进的，没有猛烈的突变，也没有遭受大灾大难。这里十分恬静，有一种温馨的特别魅力。

无论哪个雕刻家都会赞赏这样美妙的艺术形式。出于同样的动机，这种艺术也找到了无穷变化，足以改变和更新我们的装饰艺术。

然而，还有值得关注的地方。繁茂的石珊瑚乔木林，展现了这些勤劳部族的能动性。这些巧妙的迷宫似乎在寻找一条线，这富有深意的游戏则象征植物生命和一切生命，这正是一种思想、一种受禁锢的自由所做的努力，小心翼翼地探索希望的光明——年轻的灵魂加入共同生活时可爱的闪念，但还是轻轻地、不焦不躁、温文尔雅地寻求着解放。

我家里有两株这样的小树，同一种类，但是有所不同，在植物中无与伦比。一株纯白色，毫无瑕疵，好似没有光泽的大理石，完全是个多情种，每根枝又分枝杈，挂满花蕾、芽苞、小花。另一株，没有那么白，但更加密集，每根枝都包含一个世界。两株珊瑚树都令人赞叹，既相像又不同，体现出纯洁与博爱。啊！这颗童稚而可爱的灵魂，制造了这种梦幻，谁能告诉我它的秘密！我们感到它还在徘徊，这颗受禁锢的自由灵魂，喜爱这种禁锢状态，既向往自由，又不想完全如愿。

这些美妙的造物，艺术本可大加利用，但是迄今为止，艺术并没有抓住其美妙之处。大自然的美丽雕像，立在巴黎植物园门口，她的周围本应簇拥着这些造物。我们要表现大自然，就应当将她完全置于无比辉煌灿烂的仙境中，因为这两者从来就形影不离。必须毫无保留，用大自然的所有天赋，给她建造山一样高的雄伟宝座。她的第一批儿女——脑珊瑚，很幸运埋在下面，连同它们洁白的繁枝、盘曲状和星状的形体，全充当基础。在上面，它们的妹妹以其波浪似的形体和发丝，铺了一张温馨的活床，深情地爱抚并轻柔地拥抱神圣的母亲，伴随她永远生育的春梦。

在描绘大自然的这些情事方面，绘画也并不比雕刻更为成功。绘画出的有生命的鲜花，就好像自身开放的花朵，说到底，只是些千变万化的颜色。而彩雕只是提供色调的极贫乏的概念。不管怎么努力，这些艺术作品的色调总是很死板很苍白，始终不能再现那种柔情蜜意，那种灵动曼妙，那种脉脉温情。釉彩，如果像帕利西[①]那样尝试使用，在作品上也总是显得生

① 帕利西（Bernard Palissy，1510—1589）：法国制陶师和作家，主要从事月釉彩制作粗陶器。

硬而冰冷，适于绘制爬行动物以及鱼鳞，可是对于这些甚至连皮肤都没有的软体小动物，釉彩就未免太光亮了。海葵裸露在外的许多小肺、真蛸漂浮的云雾状轻网、水母下面波动的敏感发丝，这些都不仅柔妙，而且令人怜爱。它们形态各异，既纤巧又朦胧，还显得温暖，就仿佛一股气息变得可见了。您会看到一只虹类原生动物眨着眼睛，对它们而言，这是严肃的事情，这是它们的血液。它们柔弱的生命所显示的色调、反光，这些光彩变幻不定，或鲜明或苍白，轮番吸气并呼气……要当心，不要扼杀默默漂浮的小灵魂：须知它能告诉您一切，能在这种悸动的色彩中，向您呈现它自身的秘密。

色彩存活不久，大部分融化消逝了。就连石珊瑚，也仅仅留下它们的基础，让人以为是无机物，而其实那不过是凝聚的强化的生命。

妇女在这方面比我们男人敏感，不会轻易看错：她们隐约感到，这样一棵珊瑚树一定是活物，从而就自然有一种偏爱。科学再怎么证明这不过是一块石头，后来又证明这不过是一棵树，都无济于事，她们就是觉得这是别的什么东西。

“夫人，您为什么会喜爱这棵色调不正的红树要超过所有宝石呢？”

“先生，这种色调适合我。红宝石让人显得苍白。这珊瑚红，没有光泽，不那么鲜艳，更能衬出白色肌肤。”

她说得有道理。这两件东西近似。在珊瑚中，就像在嘴唇上和面颊上那样，是铁显示的颜色。铁使嘴唇发红，使面颊粉红。

“可是，夫人，这些亮晶晶的宝石无比光滑呀。”

“对，不过，这个更柔和，像肌肤一样柔和，还保留着暖和气儿。我戴上两分钟，它就成为我的肌肤，成为我本身了。我同它就再也分不开了。”

“夫人，还有更漂亮的红宝石。”

“博士，就给我这件吧，我喜欢。为什么呢？我也说不清楚……要不然，如果非要一个理由的话，说这样一条也可以，我真正的东方名字，就叫‘血之花’。”

海中勇士——甲壳动物

甲壳动物唯一的敌人是风暴和岩石。它们很少浮游于涨潮之际，也绝不潜藏于深深的海底。它们几乎都生活在岸边，可以伺机捕食。通常，当它们在等待牡蛎微微张开、好当美餐的时候，海水蓦然来潮，高高涌起，把它们攫住、卷走。它们的外壳坚硬，毫无弹性，这往往使它们难逃死亡之灾，因为外壳一旦受到外物的剧烈撞击，就会给轧得粉碎。它们的尖棱常被岩石撞破，迸裂成碎片，落得个肢体伤残。幸好，就像海胆一样，它们自身能够修补，用后备的肢体补好损坏的肢体。既然能自行凝结，它们对此也满不在乎，有时竟不惜自己弄断肢体以摆脱险境。

大自然似乎对这样一些有用的仆役特别眷恋。她赋予甲壳动物以无限大的食量。在全世界所有的沙滩上，到处都有它们，跟大海一样纷繁多样。自然界最凶狠贪婪的鸥和海鸥总是跟甲壳动物共同担负着打扫卫生的伟大职责。只要有一个庞大的动物在滩头上搁浅，霎时间，鸟群聚集在上面，而螃蟹则钻在底下、在里面大干特干，一会儿就吃个精光，无影无踪。有一种极其微小、善于跳跃的小蟹（人们会把它当作昆虫，它样子很像沙蚤）布满了整个沙滩，就住在那下面。若是一次海难扔下了大批水母或是别的动物尸体，你瞧，沙土立即就会起伏波动，泛滥起来，不到一会儿就黑压压地盖上无数这类咀嚼死尸的舞蹈家，万头攒动，轻轻跳跃，欢天喜地地霸住海滩。它们在两次潮汐之间努力清扫着一切。

那些海蟹或黄道蟹，身材粗大，狡猾异常，是个骁勇善战的水族。它们生性好斗，甚至懂得利用切切嚓嚓的嘈杂声去吓唬敌人。它们摆出一副威胁的姿态投入战斗，高高举起双钳，螯爪格磔格磔地发出响声，每逢遇上强大的对手它们也会审慎地保持这种姿势。在海上退潮的时刻，我待在一块山岩高处观察它们。虽然我待的地方相当高，但是它们还是觉察到了。一旦它们感到被注视，就会马上鸣金收兵，全部战士横冲直撞，各自回到自己的哨所里去。它们并非阿喀琉斯[1]型的勇士，而是一群汉尼拔[2]式的英雄。只有它们自觉强大的时候，它们才进攻。凡是动物，不管死活，它们照吃不误。负伤的人对什么都是害怕的。有人告诉我在一个荒凉的小岛上它们就吃掉过许许多多像德拉克[3]那样的著名水手，水手们遭到猛攻，最后被这些麇集蠢动的军团压垮了。

---

① 希腊神话中的英雄。特洛伊战争时战胜赫克托耳，使希腊军转败为胜。

② 古代迦太基名将。

③ 德拉克(Drake)：十六世纪时著名的英国航海家。

水母

我在风光旖旎的依艾尔小城[①]度过了1858年的头几个月，在这儿可以眺望大海、岛屿和沿岸布满浓荫的半岛。从这个距离去观赏海洋，海洋似乎比从岸边看过去更具有吸引力。不管人们是沿着花园之间茉莉花和香桃木的绿篱前往，还是略略爬上去一点，穿过油橄榄和夹杂着月桂树、松树的林子通向那里的小径，都很引人入胜。无论如何这树林还留下了某些空隙足以观赏海景，怪不得人们把这儿叫作美丽的海岸呢。

---

① 法国南方瓦尔省傍地中海的一个小城。

在相当粗糙的岩石之间，海水留下的环礁湖仍然遗留下一些行动缓慢得无法跟上海洋的小动物。有些贝壳完全收缩在自己身体里面，苦于干涸。水母们没有硬壳，无遮无盖，整个被打开了，一片片活生生的伞膜横陈沙间，人们很难听地叫她们“美杜莎”，为什么给这么一种迷人的生物取了个这么可怕的名字呢？[①]以前我从来没有把注意力投射到这种海滨常见的海上死难者身上。这是一种极小的动物，只有手那么大，但却异常娇嫩，具有轻轻的柔和色调。她遍体呈蛋白色，那温馨的紫丁香色的花冠已经像云彩一样消散了，丁香色泽的、长着无数触须的冠冕在上面漂动，纤细的伞膜（这是她的胴体）在底下，接触到岩石。她受伤了，这可怜的胴体皱缩在一边，部分散裂开来的细微须子就是她那呼吸、吞食以及做爱的器官。这些都乱七八糟地直接曝晒在外省火辣辣的太阳光下面，霎时间疯狂的旱风猛烈吹过，她才开始醒来。她透明的胴体上的那两道线清晰可见。

她所在的那个环礁湖已经干涸，但邻近的其他环礁湖却都仍然春水盈盈，与大海连通，只要迈过一步就能得救。但是她只能用她那起伏的触须蠕动，这一步就是迈不过去。在这样

① Medusa，英文释义水母，也译作美杜莎。古希腊神话里美杜莎原是个美女，她得罪了女神雅典娜以至于变得面目全非，谁只要看她一眼就立即变成石头。

耀眼的骄阳照射下，她肯定马上就要融解、耗尽、消失了。

没有什么比这些海的女儿生命更加短暂，更加瞬息即逝的了。她最富流动性，好像蔚蓝色的轻纱飘带一样，因此人们叫她“美神的腰带”；只要一离开水，就立刻消失得无影无踪。水母则比较稳定一些，难以死去。

她究竟是已经死了，还是正濒于死亡呢？我不那么轻易地相信她已死去，我确信她还活着。碰碰运气吧，把她从这儿挪开，扔到邻近的环礁湖里去也不费什么力气。讲句心里话，接触到她真叫我感到有点恶心。这美妙的东西，带着她看得出的纯洁无邪和色泽柔和的虹晕，仿佛一团轻轻颤动着的果冻，正在滑行、溜走。我才不理会呢。我轻轻从下面伸过手去，仔细地把她那静止不动的胴体托起来，于是她所有的触须又重新垂下，返回到她漂浮时的自然状态。就这样我把她放进紧邻的湖水中间。她沉下去了，没有一点生气。

我在岸边漫步。可是十分钟之后，我又看到了我的水母，她正在下风处随波起伏。真的，她蠕动着，随后又漂浮起来，带着一种独特的优雅风姿，她那在身子下面摇曳的触须不断游动，悄悄地离开了岩石。她的动作并不迅疾，但总是不停地移动，一会儿我看见她已经渐渐漂远了。

她也许过不多久还会翻倒。运用这样贫弱的器官，这样危险的方式航行，根本是不可能的。她们很害怕岸边，因为近岸的地方有许多坚硬的东西会碰伤她们，不如在宽阔的洋面上，风时时吹得她们不住地旋转。这时她们的鳍须在上面，随波逐流，上下飘荡。她们为鱼类吞食，许多鸟儿也常常捕捉她们来取乐。

我在吉隆特河岸边度过的一整个季节里，常常看见她们为航道所驱赶，成千上万地被抛到海岸沙滩上，可怜巴巴地全被晒干风干。她们初到时又大又白，娇丽异常，仿佛饰有无数烛台的水晶枝形吊灯，闪烁的光芒里迸射出万点繁星。啊！才过了两天就变得多么不同！幸亏沙土下陷，把她们全淹没了。

她们是一切动物的食物，而她们自己吃的只是一些组织不完全的生命、海洋中微小的浮游生物。她们既无牙齿，又无武器，只有一种本领，那就是使猎物麻木、昏醉，不让被她攥住的猎物感到痛苦就被吸食掉。不过，要是有什么动物攻击她们，有些水母身上也能分泌出一种液汁，像荨麻那样有点螫人。

鱼镖

尽管装备简陋，武器窳劣，大海在他脚下咆哮，然而在黑夜里，在冰雪里，正是他敢一对一地跟那个庞然大物对阵。

他以自己的力量和勇气自豪，以他的臂力自豪，以鱼镖的雷霆万钧之势自豪。他确信那猛烈的一击能够穿透大鲸的粗皮、脂肪的坚壁，刺进它厚厚的肉层。

他相信当受伤的鲸鱼愤怒地苏醒过来，在蓦地狂跃和尾巴的拍打所掀起的风暴中，他决不会随着它沉没下去。好大的胆子！他在鱼镖上加一根钢索以追踪猎物，跟这种可怕的震动对抗；他完全不顾这惊恐万状的野兽可能突然下沉，一个猛子扎进海洋深处。

还有另外一种危险，那就是盯住的不是一般的鲸鱼，而是鲸的大敌，海洋中最可怕的动物，抹香鲸。它个头不算大，几乎不足六十或八十法尺。头就占了体长三分之一（只有它如此），长达二十至二十五法尺。这可真是海上捕猎者的灾难呢！渔人自己倒变成了鱼，成了这庞然大物的猎物。这家伙生着十八颗巨齿和可怕的牙床骨，连船带人什么都吃。它嗜血如命，那盲目的狂怒使所有的鲸类都害怕。它狂吼着拼命逃走，甚至在岸边搁浅，埋没在淤泥沙丘之间。即使它已经死了，其他鲸鱼还是惧怕，不敢靠近它的尸身。抹香鲸中最凶恶的是l' Ourgue，也就是古代人所说的le Physetère。冰岛人非常害怕抹香鲸，在海上连它们的名字都不敢提，生怕它们闻声而至。渔夫们认为，另外有一种叫Jubarte的鲸喜欢而且还保护人类，会向这种庞然大物挑战，搭救他们。

许多人都说第一批遇上一场如此惊心动魄的冒险的人需要某种狂热、怪僻而头脑冲动的气质。按照他们的想法，这也并非聪明的北欧人的创举，而是由我们巴斯克的那些鲁莽英雄们开始的。这是一群强健的步行者，攀登悬岸绝壁的猎手，穷追不舍的渔夫，他们的小船驰骋于变幻莫测的海洋、加斯科涅的海湾或急湍之中。他们在海上追捕金枪鱼。看到鲸群嬉游，马上就跟踪追击，宛若在沼泽地、涧谷和最险峻的深山里追赶岩羚羊一样。这个硕大无比的猎物因为个头茁壮，大大地引诱了人们。他们无论好运或死亡，都拼命捕猎，不管去到什么地方，哪怕它把他们带到天涯海角，他们也毫不在乎，就这样可以一直追到北极地带。

在极海上，那些可怜的巨灵总以为这下子总算摆脱了危险，却根本没想到人们会如此疯狂。它静静地酣睡着，而我们那些大胆鲁莽的勇士屏声匿息，正悄悄地在接近它们呢。

小船裹着最强壮、最矫健的红色腰带，像箭一般地冲出去，在那宽阔无际的巨大背脊上，毫不犹豫、夯的一声把鱼镖扎了进去。

麦哲伦

没有什么人的一生比麦哲伦更加奇特了，他的整个一生就是战斗。他经历了远洋航行、逃亡、诉讼、海上失事、未遂的暗杀，最后死在一个蛮荒的小岛上。他曾远征过非洲、印度，并在马来西亚结了婚。勇敢、凶猛，他就是这样的人。

他长期居住在亚洲，攻读必需的文化知识，准备远征。他企图经过美洲到达盛产香料的岛屿——马鲁古群岛[1]。在原产地获得香料，从印度西部购得这些货物，便可以卖到从来不曾有过的好价钱。所谓事业，从原来的意义上来说，就

① 今属印度尼西亚，其地盛产香料。

是指商业。说实在，寻找低价的胡椒是他那次世界上最伟大的旅行的主要动机。

当时葡萄牙的宫廷风气完全笼罩在阴谋诡计之中。麦哲伦受到压制，于是他到西班牙去，国王查理五世[①]恢宏大度，给了他五艘大船，但是国王根本就不信任这个从葡萄牙投奔过来的人，于是在船上给他安插了一伙卡斯蒂利亚[②]人。麦哲伦出发了，他面临着两个方面的危险：一是这伙卡斯蒂利亚人的敌意，还有就是葡萄牙人的报复。当时葡萄牙人正在到处搜捕他，企图把他杀死。果然，不久船上发生了叛变，他浑身是胆，粗犷豪迈，真是个不可征服的汉子。他终于战胜了那伙人，把他们一个个戴上镣铐，自己成了唯一的首领。他把那些最顽固的家伙刺杀、勒毙，甚至活剥——经过这场斗争，船出了事，沉没了，没有人肯跟随他扬帆续航。这时他们看到了美洲岬头的可怕景象，令人绝望的火地以及阴森森的前进角。猛烈的地壳激变，近千座火山的疯狂震动使得这一地区脱离了大陆，就像发生过一场花岗岩爆烈的风暴似的。这里，整个大地因为突然膨胀、冷却而皱裂，显得面目狰狞。到处是乱石嶙峋，仿佛怪诞的钟楼、丑陋黢黑的乳房、突兀

① 查理五世（1500—1558）：德意志和西班牙的国王。
② 西班牙中部地区。

剞劂的利齿，还有那大堆大堆的火山熔岩、玄武岩、焚烧的灰烬，在这一切上面都蒙着一层凄清的皑皑白雪。

水手们精疲力竭，不肯向前。然而麦哲伦说："不，还要更远些！"他寻觅、转折，甩开了百十个岛屿，进入无边无际的海洋。那一天水面太平无浪，于是，"太平"就成了后来这个大洋的名字。

他死于菲律宾。四艘船都沉没了，只剩下一艘叫"胜利号"的船。最后，船上只有十三个人，不过这里有着一位伟大的领航人，他就是大胆、坚强的巴斯克人塞巴斯蒂安，他是这次环球航行（1521年）的唯一生还者。

没有比这更伟大的了，这次航行确切证明了地球是圆的。他勇往直前航行过的这个巨海一片汪洋地弥漫在这个球体表面，这一奇观于此得到了证明。太平洋这个浩瀚而神秘的实验场终于为人类所认识。在这远离我们视线的地方，大自然深沉地在创造生命，给我们精心制作出新的世界、新的大洲。

具有伟大意义的发现，不仅在物质上，而且在精神上千百倍地增加了人类的勇气，从而使人们投入了在科学的自由海洋上的另一种旅行，努力、大胆而丰赡地在无限中漫游、探索。

雪原探险者

天下最吸引人的就是，虽然努力但没有效果和简直办不到的事了。在航海事业中人们曾经花费了巨大精力、坚韧不拔地去发现北美通道，意欲打通欧亚直达路线。只凭最简单的常识也可能早就认识到：如果在这样的高寒纬度、一片冰天雪地之中，即使这一通道确实存在，那也毫无用处，因为根本就没有人愿从那里通过。

请注意，这个区域可没有西伯利亚那一侧平坦，能使用雪橇滑行。这里断岸壁立，绵亘千里，山大得可怕，海面冻了又化，化了又冻，漫长的冰雪走廊乍开乍合，年年都在变化。这条通道刚刚被一个深入腹地的人找到，既然后退无路，只好拼命向前，最后竟给他闯出一条路来。[1]现在我们终于知道了其中情况，这是人们冷静下来的遐想，对此我们今天谁也不会有什么兴致重循故道了。

倘若我说徒劳无功，我之所以用这个词儿只不过是为人们确定目标，就是说必须开辟一条商业通路。但是，根据这一梦想，人们却找到了许多绝非荒诞不经的事物，它们对于科学，对于地理、气象、地磁研究很有用。

可是在那个时候，人们所找到的只是死亡、饥饿和冰墙。

这次的失败毫无关系。在三个世纪中探险家们以其惊人的坚毅信念，奋力开拓，为此而献出生命者不计其数。卡波[2]是第一个，只是因为他率领的那个小分队群起反对他，不让他走得更远，才侥幸免于死亡；布伦茨死于严寒；威洛拜死于饥饿；科特雷尔[3]失去了生命和财产；哈得孙[4]被部下扔进了小艇，没有食物，没有篷帆，最后竟弄得个不知下落；白令[5]在找到了隔开美洲和亚洲的海峡后，因为过分疲惫、寒冷、食物匮乏而死

---

① 1853年，英国航海家马克吕尔在航行中为冰封住，他坚定地乘上雪橇，终于在冰天雪地中闯出通道。

② 卡波是威尼斯人，1497年受英王委派，发现了北美洲的一个半岛拉布拉多海岸。

③ 十六世纪的探险家。

④ 十六世纪的英国航海家，他发现美洲的这些河流、海峡、海湾现在均以他的名字命名。

⑤ 丹麦探险家，受俄国委托，1711年发现白令海峡。

在一个荒岛上。今天呢，富兰克林[1]葬身于冰天雪地中，人们再找到他的时候早已僵硬。他跟他的一伙人在探险中山穷水尽，食粮尽绝，甚至到同类相残、人吃人的地步。

在进行极北航行时一开始就碰上了一切令人沮丧的事物。还没有到达北极圈以前，凄凄冷冷的浓雾笼罩在海面上，叫你等得心急如焚，给你全身蒙上了一层白霜。老粗的绳索变得直绷绷的，船上帆片木然不动，甲板上的薄冰直打滑，驾驶也极其困难。人们最害怕的活动暗礁变得难以分辨。桅杆顶上，在那堆满雾凇的小间里，夜里值班的水手（像一些真正的活钟乳石）发出信号，指明新的敌手正在逐渐逼近。这是一个庞大无比的白色幽灵，仅仅浮在水面上的部分就有二三百尺高。

这悲怆的行列表明了冰雪世界的来临，预示着为了遏制它的袭击必然将有一场战斗。这陌生的极地简直令人不可思议，它有某种崇高的恐怖和英雄苦难的魅力。那些试图做这项旅行的人曾经到达北极，看到过斯匹次卑尔根群岛[2]，这给他们留下了深刻的印象。这许多峰尖、峻岭、悬崖陡壁、高达四千五百尺的水晶体，像幻影似的浮现在朦胧的海面上。在略无光泽的雪原上，那冰川折射出多么强烈的光啊，碧绿的、靛蓝的、鲜

---

① 十九世纪英国航海家。

② 此群岛在苏联北部，其地多山。

红鲜红的，形形色色，闪烁生辉，宛如一顶珠围翠绕、七彩璎珞的皇冠。

一年有好几个月，夜空中北极的晨曦不时地迸射出一种阴森森的灯彩似的奇异霞光。辽阔而怕人的大火布满整个地平线，壮丽无比的光焰喷薄而出。好一座绝妙的埃特纳火山[①]，永恒的冬季景色上溅溢出如此迷人的熔岩。

在冰雪微粒的气氛中，一切都成了多棱晶体，这里的空气只不过是明亮的镜片和一些细小的水晶颗粒。因此才产生了这么多惊人的幻境。

这真是幻觉的世界。若是你喜欢梦想，若是你满怀痴情，喜欢追随这多变的即兴创作和云霞的游戏，请到北极去吧，这一切将会如实地再度降临，在活动的一系列巨大冰块的行列中，瞬息即逝。在行程中他们给予了你这一景象：冰川突梯滑稽地模拟着古往今来所有的建筑格局。这儿是希腊古典款式，牌坊和无数林立的巨柱。那儿是埃及纪功碑，瞧它那个尖顶由极度倾斜的中柱支撑着，戟指天空。一会儿大山来了，佩利翁山上的奥萨，这巨人的城市，方正，对称，有着那么许多巨石砌起的高墙、石桌和德落伊教[②]祭司的石棚。下面深深陷入于阴

---

① 意大利西西里的活火山，高3300米。

② 古代高卢人的一种宗教。

暗无光的洞穴，这一切都已摇摇欲坠，在劲吹的寒风中晃荡、崩圮。人在这里一点也不快活，因为什么都不牢靠。

有时这里也会发生某种惊人的意外事件。通过这支庞大的舰队，庄严地、缓慢地从北方流泻而下，蓦然从南方过来了一座有着厚厚底座的庞然大物，深深浸入海中六七百尺，猛烈地被海底的暗流推过来。它驱散或掀翻了一切，碰碰撞撞，遭遇到一片冰原，但是它没有给堵塞住。才一分钟，多少海里的空间大浮冰群破裂、爆炸，就像几百尊大炮似的发出巨大的轰鸣，就像一场大地震。山从我们身边漂了过去，介于它和我们之间的是破成碎片的无数大冰块。我们沉没了，而它急速地向东北方向漂去。

山*

* “山”写于1869年，是米什莱最后的博物志系列，主要是他几次居住在瑞士时着手写的。

山的魅力和危险

山里人对于山的看法与我们不同。他们对山十分依恋，老是想返回到它的身边，但跟别人谈起来，却总把它叫作“敝地”。白花花的、琉璃似的泉水急促地跳跃着汩汩涌出，人们叫它“野溪”。乌黑的杉树林，常年高挂在悬崖峭壁之间，一片和平肃穆的景色。这正是他们拼搏、大显身手的地方。在一年最寒冷的季节里，田间劳作都已停辍，山里人就向树林进攻。战争持续的时间相当长，而且其中危机四伏。并不只是砍伐林木、把树木段子推下去就了事，还得安排运输，必须把它们在中途取出，使它们在湍急的河床中不致乱蹦乱跳。战败者往往成为胜利者的克星，树木则是樵夫的灾难。森林里潜藏着孤儿寡妇的伤心史。对于妇女和全家来说，一种充满了悲哀的恐怖笼罩在这崇山峻岭之间；树林带着积雪，一道黑一道白地在远山那边阴郁地浮现出来。

从前，冰川是一种可厌的东西，人们往往对它侧目而视。萨伏瓦[①]人把勃朗峰[②]的冰川称作“魔山”。在瑞士德语区，那些乡村的古代传说中总是诅咒冰川，说它简直就是地狱。愿灾难降临在悭吝的妇女头上吧，她们对待自己年迈的老父亲也硬心肠，严冬季节也不给他烤火！于是，上天惩罚她，使她不得不带着一条凶恶的黑狗，在冰天雪地里流浪、蹬蹀、不能休息。在最残酷的冬夜，家家都在炉边烤火，人们看到在那边高山上有个白色的女人，浑身颤抖着，在水晶般的峰巅踉跄而行。

在这魔鬼的涧谷中，时时刻刻，容弗洛峰[③]顶的雪块不断崩裂，爆发出一阵阵响声，这是那些该诅咒的男爵、凶恶的骑士吧，他们大概每天夜里都在互相碰撞他们的铁额头吧。

斯堪的那维亚古代传说中那高大可怕的神道，怪诞地说明了人们对山的恐惧。那里的山宝藏丰富，由相貌丑陋的地精

---

① 法国东南部的一个省份，境内大山横亘（阿尔卑斯山）。
② 欧洲阿尔卑斯山第一高峰（4807米）。
③ 瑞士伯尔尼附近的阿尔卑斯山的一座山峰。

守护着，其中还有一个力大无穷的侏儒。有一位冷酷无情的女神坐镇冰雪城堡的宝座，她的前额缀满钻石，向所有的英雄挑战，她笑起来比冬天苦寒的容色还要凄厉。有些冒里冒失的小伙子轻率地攀登上去，最后到达死亡之床，就像给捆绑着似的，留在那儿了，跟水晶的妻子举行永恒的婚礼。

在所有令人心情激荡的角逐中最了不起的肯定要数猎岩羚羊了。在这件事里，危险正是其中的魅力；这是一场真正的山中狩猎，收获倒不仅仅是猎取那些胆怯的野兽。人们一对一地与它格斗，然后将它捕获。瞧它那瑟瑟发抖、害怕的样子。它拥有真实的幻想：坚冰、浓雾、山涧、裂罅、骗人的距离、虚构的前景、令人眩晕的、无节制的巡逻；更何况人们热衷此道呢。这些人尽管谨慎，但非常容易激动，沉浸在狂喜中，没有什么比在悬崖边沿追逐野兽更叫人感到这种战栗的快乐的了，这小小的狡猾的有角动物逗引得热衷者十分开心。深深的涧谷在惊慌的眼神下面打起了转转儿，贪婪觅食的秃鹫在头上不住盘旋，这又是一番乐趣！

冬天，当大家围炉取暖时，猎人（这个区域的权威人物）谈起他在这些冰川周围巡行所看到的一切，多么聚精会神！倾听他叙述自己当时凝目于可怕的巨大蔚蓝色裂罅时的感觉，又是多么胆战心惊！“我嘛，”他继续说道，“我也曾亲眼看见过，在二三十法尺，有时甚至一百尺高的隆皱下面，那许多晶莹夺目的水晶岩洞几乎是直达地层。多少水晶或是钻石！谁能梦想到这些事呢？轻信的萨伏瓦人心跳得多么厉害！哦！谁能攀登得上去呢！这是一大笔现成的财富。六十年的苦难，像脚夫或是掏烟囱的人一样，搬啊掏啊，又做了多少！只要放开胆子，坚决去干就行……要想在魔鬼那儿偷盗点什么多难？正是他，要不就是他的那些仙女在那儿看守他们的钻石。”

为了能有勇气去攀登，他跨越过岩羚羊经过处的高度。必须有这些宝藏的喧嚣，必须有这个混淆了钟乳石和水晶岩、水晶和钻石的无知的想象。我知道什么呢？人们没有找到这一切，但是他们找到了勃朗峰。

欧洲的水塔——阿尔卑斯山脉

阿尔卑斯山脉无可比拟。它辐射的一群群山峦，布局巧妙，层次分明；而它蓄水的湖堰，也排列得十分高超，从冰川到湍流，到湖泊，到大河，向欧洲倾注着生命。这些在我看来，都是任何山脉所不能与之比肩的。

科迪勒拉山系[①]、比利牛斯山脉，以其延伸的线路，似乎并不成一个体系。喜马拉雅山脉特别庞大，但是据我判断，它的两端，在辛特河与恒河之间，恐怕过分扩大展开，整体联系就不够紧密了。山上流下大量的水，但是散乱而不规则，流失在山

① 贯穿中美洲和南美洲的山系。

脚下危险的莽莽丛林中，以及漫漫的沼泽地。

阿尔卑斯山脉则不然，它整体协调一致。庄严的梯形山峦，给四面海洋派遣了波河[①]、罗讷河、莱茵河与因河[②]（真正的多瑙河），而这四条河流可以说分而不散，能够一览无余。它们的源头大多邻近，是同胞兄弟；它们的共同发源地，这群山峦，正是这一山系的心脏，欧洲世界的心脏。

这群山脉给人以崇高的印象，丝毫也不奇突怪异。这种印象是我们直面一种真正的伟大时自然而合情合理的反应。阿尔卑斯山脉是欧洲的水库，是欧洲丰富物产的瑰宝。这是大气流在高空转换、风云际会、雾气变幻的大舞台。水，生命之始也。生命以气状或液态形式，在这些高山上方完成了循环：这些高山是仲裁，调解着分散的或相互冲突的自然力，使之协调一致，和睦相处。这些高山将自然力凝聚为冰川，再将冰川公平地分配给各个国家。

在这方面，一句很有分量、准确而深刻的话，不是一位科学家，而是一位名叫索绪尔的普通旅游者讲出来的。他在游玩中来到一大片冰斗的中央，站在美丽的冰海上，不禁惊叹道："我发现了世界的协和广场。"

---

① 流经意大利的河流，全长652公里。
② 发源于瑞士境内的阿尔卑斯山脉，全长510公里，汇入多瑙河，成为多瑙河的支流。

这话再真实再准确不过。西风和西南风，满载着大西洋，甚至太平洋的云水，准备存放，不久便遭遇北风，形成胶着状态。云水，很可能就被囚禁在原地，幸好灼热的南风发起狂来，不时将云水唤醒逼走，化作浓雾，化作露水，化作雨，给大地送去喜悦。

美好的配合，高尚的谐和。一切在别处搅得天昏地暗的力量，到这里便明晰了。阿尔卑斯山脉就是一种光辉，阿尔卑斯山脉在教育，让人感受到全球相互依存的关系。

这些乌云来自遥远的地方，经过横渡飞越，就要静下来思考，休息片刻。阿尔卑斯山脉上面场地广袤。从多菲内[①]到蒂罗尔[②]，冰山长达四五十古里，可以说是一张相当大的床铺。然而，这些旅行者实在轻浮，没有常性，阿尔卑斯山脉怎么热情接待也很难留住。一种巧妙的动作，稍微赋予这些游客一点定力。在阳光照射下，它们的雪团开始半融化，渗入下面的云层，经夜晚冻结，变成大量小冰粒。这些小冰粒人称粒雪，它们之间有相当的黏附力。在整个夏季，粒雪层又有融化的部分，水漏下去，积存在山谷，然后形成冰川。每天夜晚（甚至在夏季），

---

① 多菲内（Dauphine）：法国旧省名，现分为伊泽尔（I' Isere）、上阿尔卑斯（Les Hautes-Alpes）和德龙（La Drome）三省。

② 蒂罗尔（Tyrol）：奥地利的一个省份。

粒雪层冻结，融化，再冻结，变成白冰，不过里面还有气泡。待气泡消失，冰整合为薄层，即天蓝色的层冰。

云气就这样固定下来，化为结实的冰层，卧在那里，似乎要遭受永世的囚禁。上空又飞来由雪团构成的云气，雪团不久也硬化为粒雪，覆盖了天蓝色冰层，从而遮住阳光。冰层逐渐增厚，从底层渗出去的部分，恐怕远远比不上从空中补充来的数量。然而，还是维持了一定平衡。六十年间，勃朗峰还依然是原来的面貌。据查理·马丁斯先生讲，勃朗峰的高度既未增也未减。

一股突然的力量干预进来，人们可能认为不协调，实际上却制造了和谐。南方的暴君（焚风、欧荡风、西罗克、西蒙风、沃州风等），有时就蛮横地降临，在这死气沉沉的世界中肆虐。暴风呼啸，召唤所有这些已经固定不动的、很难挣脱麻木状态的水。然而，没法儿充耳不闻，暴风一意孤行，咆哮声如雷鸣……片刻也不停歇。

非洲的这个火魔喜欢夜间猛烈袭击。前一天有征兆，山头飘浮着变幻不定的薄雾，大气变得清澈透明，景物都显得真切而拉近了。月亮出现淡红色的月晕，天边染上一种奇特的淡紫色。风在高树林上方呼啸，而湍流也发出低沉的轰鸣。这就是大风的警报。

的确令人十分担心。这个施恩者凶神恶煞，起初就好像要摧毁它前来拯救的自然。它摧折、搅乱、扫荡，将巨石抛下山，将大树卷到湍流的河床。它掀起木屋的房顶，吹到很远的地方。牲口棚一片惊慌，奶牛吓得哞哞直叫。上帝啊！要发生什么事情啊？……所发生的事情，就是春天来临。

焚风嘲笑太阳。要融化积雪，太阳得花费半个月，而从非洲刮来的燥热风，只用二十四小时就够了。焚风吹来，雪就挺不住了。在格林德尔瓦尔德冰川，焚风吹了两小时，就融化了两尺高。阿尔卑斯山区神秘植物的地下生活，八个月的覆雪和黑夜，终于完结了。这些植物由魔术师唤醒，开始生长，满怀喜悦地见到了短暂夏季的阳光，它们小小的花心一时放情地去爱。这个搞突变的疯狂而野蛮的家伙，正是爱的伟大使者。在山下河谷，对此感受就太深了：这热乎乎的气息，在谷地聚集，尤其让人心烦意乱，无精打采。动物都惴惴不安，男人非常烦躁，女人不免畏怯，就紧紧搂住男人。一切都显露一种内心的慌乱。

焚风的死敌，北风，有时还抢风头，徒然地展开搏斗，还是战败了。爱神仍是世界的主宰。

多么可喜的变化！多少恩惠啊！生命，繁衍，本来在阿尔卑斯山上睡大觉，现在摆脱了那种状态。这些雨露和浓雾比哪条河流都更有益处，前往浇灌欧洲大地，滋润着优质的牧场、草地的绿茵。负载着硝酸钾的大雨、雷电阵雨，能催使草木叶子一夜变绿，诱使新芽突然萌发，而自然万物初醒，还情不由己，在这场春梦中，竞相超越。

在数以千计、百万计的源头开始潺潺细语的时候，最幸运者，莫过于在这种大变化的第一时刻，就有所感觉，能够聆听所有这些水流大合唱的序曲。正如昨天，我在山的裂缝中所看到的那个水源，隐蔽在苔藓下面，还只是潮乎乎的，但是它同样可以说“我在”或者“我不在”——今天早晨再一看，已是涓涓细流，可供鸟儿饮用——到了晚上，它发出多么有力的汩汩声！变得多么庄严，多么像样，多有声势！它的声响变成了最强音，开始同邻近的源泉对话。每条溪流都有自己的性灵，从那些声音，那些旁白和交流中，我不知道是什么样的谈话，但是那么亲近，窃窃私语，似乎在相互倾吐秘密。它们接近并会合，然后又分开，汩汩欢叫着拥抱小岛、小块陆地，接着又重新汇聚在一起，越扩越大，咆哮着，奔腾着……不料猛然间，前面没了土地……

瀑布又成为多么新奇的景观！谁能说出阿尔卑斯山所有瀑布曼妙的造型？最有名的不见得最为赏心悦目。我知道几帘秘密的瀑布，无人去看，它们也无须人观赏，似乎将它们柔软而懒散的美姿藏于世外。此刻我已经离开，却仿佛还在那里逗留，还坐看那些瀑布。那些神秘的飞流，诱惑力太大了，总能让我流连忘返。丘迪在他的《阿尔卑斯山脉》一书中，可以说毫无感觉，也没有很好的描绘出来（参看他这著作的第一章，以及“水乌鸦”一章）。然而，如何才能表述出来呢？如何用几幅画面，就能勾勒出这种无限，这种彩虹，这种流动的棱镜，永恒的幻象呢？

有一句妙语，胜过所有表述和描绘。讲出这句妙语的人，正是心地善良、温柔而多情的居·伊昂夫人①。她被流放到阿讷西，终日面对沼泽地、水渠，以及时而引发热病的湖畔，看不到阿尔卑斯山区溪水、湍流、瀑布、河流等水系汹涌奔腾的景象。不过，她已经完全心领神会了，她感到了生命蕴涵的美好秘密。她在她那本《湍流》一书中，完全天真地说道：“那些河流，那可是一颗颗灵魂！”

① 居·伊昂夫人（Guyon, Jeanne-Marie de la Motte）：法国奥秘神学家、著作家，提倡静修主义。

冰山与极地

我们前文说过，科迪勒拉山系、阿尔卑斯山脉各高峰都冻结并固定了水蒸气，成为中间的极地。而反过来，极地也令人联想到安第斯山脉和阿尔卑斯山脉。人们观察到极地和这些山脉的相似处；我们也应当注意，人们却不大强调差异。

攀登高山的人，是走向光明。他登上海拔五六千尺高度，就走出不确定区域，即飘动的云雾的海洋，站在这波涛之上，沐浴着宁静的阳光，便看见穿出云海的峰巅和冰川。

反之，向极地航行的人，是走向黑夜，即黑暗而奇特的世界。那里仅余的光亮，具有难以确认的魔幻效果。

极地是黑夜，而不是死亡。地球鲜活的灵魂，在那里有相当明显的活动，体现在那些显示巨大力量的涌动中，体现在那些穿透冰层的山峰上，体现在地球黑暗的两端熊熊燃烧的火焰之间。南极有埃尔布斯火山[①]，北极有扬马延岛[②]，两座威严耸立的灯塔。

极地表层巨大的厚度，在我们阿尔卑斯山脉则见所未见，那是冬季连着冬季，冰层覆盖冰层，重叠堆积到了无从复加的地步！坚硬的水晶墙壁，两倍三倍地加厚，甚至征服了海洋，迫使海洋歇息了。同时受北部的潮流和南部暴风雨的余威推涌，大海平静下来，表面先是像汪着一层油质，随后固定，终于封住了。

极地冰川没有阿尔卑斯山脉冰川那种痛苦状，没有那种种不同的变故。谷地坡上的冰川，毫不费力就行进，抵达并侵入毗邻的大洋。面临深渊的那些冰川，就自动跌落下去，停靠在岸边建造自己的大教堂、排柱、拱廊、拱顶、尖形穹隆、扶垛，建筑的形体应有尽有，有的建在半空，有的建在海上，下面隆隆作响，忍受着固定不动的凄苦。

寒冷就是建筑师。那么用什么材料呢？乌云。我们的阿尔

---

① 埃尔布斯火山（Erebus）：南极罗斯岛上的活火山，海拔3794米。
② 扬马延岛（Jan Mayen）：北极岛屿，属挪威，位于冰岛东北方，岛上有火山。

卑斯山脉只能接收风刮来的乌云。那么极地是怎样的情景？那里是海洋起浓雾的世界。海水流到冰山脚下还很热，冒出大量水蒸气；开头，水蒸气拖曳着压在海面，继而受上方冷空气的召唤而升起来。大海不断地供应水汽，从而充实自己的对头，于是冬季将海囚禁起来。大雪纷飞，发狂一般落下。在酷寒中，雪花呈针状，一团团冰冻的细针、透明的棱柱体、无数面镜子，折射着极光奇妙的变幻。

这个怪异而可怕的世界，似乎命中注定，戴着一成不变的枷锁，仅仅受制于一种法则：晶化。严酷的法则，全化为笔直的形状，尖端棱角分明，威胁并禁止生命的柔和形体。动物的生命力抵御这种严酷——两栖动物、海豹披着脂肪的铠甲，还有鸟，这个温暖的躯体、大自然最火热的生命，都能在冰的世界里生存下来。那么，极其脆弱的植物呢，能获取一个隐蔽所、一天的小小生存位置、一时的宽容吗？植物敢于冒这种风险吗？人们不以为然。有人从映着淡淡光亮的岩石旁边经过，走在苔藓上，很长时间也没有分辨出躲避在那里的微型植物，实在太矮小而不易觉察，要经过两个世纪才会发现那些微型植物的存在。

北极的旅行者有时拿这些可怜的植物，与阿尔卑斯高山上开的花比较。然而，比较这些地区有多少不同的事物，足以改变生命存在的条件。斯皮茨贝格岛[1]的纬度，能与高山的海拔相一致。不过，除了气候，还有别的相似点吗？

在阿尔卑斯山脉，越往上攀登，空气越干燥越稀薄。而在极地，大气滞重，饱含水蒸气。光线透过这样厚重的大气，能像透过阳光畅行的轻薄空气那样，传导热质和化学的全部能量吗？高山上，空气丝毫也不截留，阳光、热量全部由大地接收。斯皮茨贝格岛上的花岗岩，始终那么冰冷而凄凉。

冬季，也许全都一样。可是到了春天，我们阿尔卑斯山脉的植物一钻出雪层，就见到相助的阳光。太阳很勤奋，早出晚归，升得很高，直射幽谷；善良、真正欢乐的太阳，实实在在地唤醒世界。我在那里看到多少日日夜夜极费力升上天边又消失、惨淡淡的那颗太阳，不正是同一个太阳吗？

四月二十一日，太阳发力了，不再落下，开始了长达四个月的一个白昼。但是，太阳多低，光线多弱啊！大地仅仅接受斜照的阳光，感觉不到多少温暖。鸟儿是大地的救星，这种生命力极强的生灵，以旺盛的生命活跃并温暖大地。植物还没有死，小小的灵魂要感激鸟类。

---

① 斯皮茨贝格岛（Spitzberg）：挪威的斯瓦尔巴群岛（Sval-bard）的主要岛屿。

假如植物有个梦想，有个愿望，那就是做母亲。植物怎么做，才能成为母亲呢？然而，小小的植物生命，刚从贫瘠的土壤中钻出来，如何才能达到这种高级的豪华生存，这种交配并繁衍的伟大时刻呢？为了得到这样的时刻，只见这种植物自行微缩，成为微型植物。它缩小自己的全部器官，在微小中保持整体的平衡；而为了达到目的，甚至可以微缩成为原生物，淘汰形体，只留下精魂。它以这种代价，才能如愿以偿：拥有完全的生命，拥有爱，灵魂永存。

四个月的白昼，漫长的一天，没有休息，没有睡眠，这就是斯皮茨贝格岛的生活。这种生活，是否会受到阿尔卑斯山脉的羡慕呢？不睡觉，这对动物和植物是多么严酷的法则啊！大家知道，达夫林（Dufferin）爵士带到北极海洋那只公鸡的命运。白昼延长了，那只公鸡担心黎明时刻误了啼晓的本分，就忧伤而不安，意乱心烦，精神错乱，有时怪声怪调叫两下。黑夜即将结束的时候，它终于发狂了，小声梦呓，飞下岸边，溺水而亡。

这长达四个月的一天（当然十分必要，只因没有这样一天，冬季就会侵占这个世界，重又将其冰封起来），人要失眠，同样难以忍受；花儿不眠，就会无精打采，变得枯黄了。阿尔卑斯山脉则不然，瞧瞧龙胆多么幸福，开放一整天之后合上星状花瓣，以待次日重新开放，更为年轻而鲜艳。极地的花儿很可悲，不幸被强迫劳作，要一直感受自己存在，一直看着自己生活，没有间歇，不能忘却也不能休息。

昏暗的世界，乍一看似乎空空如也，被剥夺了一切，是一个死亡的王国。可是正相反，通常意义的生命却大行其道，地球的两颗灵魂——磁和电，每个夜晚都在荒凉的极地聚会欢庆。北极光便是极地特殊的安慰。

大气流、海水潮流则是运载工具。两股海洋热流从爪哇和古巴往北方行进，冷却并冻结，然后又融化，不断回到心脏，而心脏借助磁流和电流，再使热流从赤道涌向北极。磁电作用的暴风雨是相关联的。到了夏季，极地开化，北方的潮流回到我们这里，给大地降温。这时，磁元素似乎迎头冲向电中心，从而引发狂风暴雨，尤其在这中心附近，电闪雷鸣，极为可怕，令人魂飞魄散。

极地恰恰相反，几乎从来听不见雷鸣。在冬季这种深夜里，仿佛一切都昏睡了。然而，天空异象，孕育着更多的暴风雪！几乎每天晚上将近十点钟，天空猛烈炸开，突然照亮大地、积雪和冰川。大气中充满了冰粒子，冰粒子鲜明的棱角击碎空间，反射着颤动的光线。

这种神秘的现象，直到1838年才得以近距离观察。一方面是布喇菲[①]先生，而他的几位合作者则在另一点上，跟随着他，一分钟一分钟地记录，然后再比较，总结他们的观察。在这种极其严酷的天空下，他们坚持了十三个夜晚（一月九日至二十二日）。

首先升起一道黑幕，紫雾还相当透明，能够望见星光。紫雾上方有微弱的火光，微光很快就明亮了，出现一道巨大的弧形，非常明亮，双脚踏在昏暗的地平线上。

弧形缓缓升起，越来越明亮。从布喇菲的观察和计算中可以判断，那弧形能升到大气层的极限，高度超过二十五古里，也许有五十古里（参看埃利·德·博蒙的概述）。异乎寻常的高度，到了流星、火流星变得明亮耀眼而且白热化的区域。

无比壮观，可以说，整个大地都投入进来，既是观赏者又是演员。在前一天，或者数小时之前，大地已有先兆，用磁针到处都测得出来。在整个北极圈，磁针剧烈摆动，甚至从一极指向另一极。这种现象出现在南极，一直到我们北极，这就是给我们的警示。

淡黄色宏伟壮丽的弧形，平静地上升，只见它突然剧烈地动荡起来，化为两道、三道，往往能见到化出九道弧。那些弧

---

① 布喇菲（Auguist Bravais）：法国物理学家，以晶体点阵理论方面的工作闻名。"布喇菲点阵"就是以他的姓氏命名。

形起伏波动，光的浪潮来回流动，犹如一面金旗翻卷飘扬，往返驰骋。

仅仅如此吗？那景象越来越活跃，长长的光柱、射流、形如标枪的光束，那么迅疾、锐不可当，从黄色变成紫色，从红色变绿宝石色。

它们在嬉戏？还是在搏斗呢？我们的老航海员，头一批看到那种景象的人，还以为那是一场舞会。但是，对一个目光敏锐的人，对一个心灵更加关注大自然情绪的人，那完全是一场悲剧。他们不会看错，那是被囚禁的灵魂在抖瑟，在深深地悸动。继而，轮番上场，呼喊、激烈的回答、同意、不同意、挑战、搏斗。有胜利，也有衰竭。有时还动了感情，就像海的女儿，水母，浑身闪闪发光，她那盏灯忽而火红，忽而微弱，忽而黯淡。

一个特别激动的见证者——磁针，似乎积极参加了这场演出。磁针以其摆动，显然在联系、关注一切，表现这场戏的各个阶段，冲突，起伏跌宕。磁针仿佛紊乱了，惊慌失措，“发疯了”（这是海员使用的字眼）。

不过，谁目睹这种景象，都不会平静。如此宏伟壮观的气象变化，却没有一点声响，看起来不像自然现象，倒像一种魔幻。在阴森可怖的地方观看这种景象，不会赏心悦目，只能产生一种哀戚的效果。

结果如何呢？大地惴惴不安。谁能战胜，谁能压倒这些活跃的光。南极北极都提出了这个问题。

到了夜晚十一点钟，这是关键时刻。搏斗渐渐和谐，光也斗够了，彼此沟通了，和解并相爱了。所有光一起荣升，变成壮美的扇形、火焰的穹顶，宛若给一桩神婚戴的花冠。

电，赤道的生命，另一颗灵魂，掺进了北半球的王后——磁，大地的灵魂，两颗灵魂相拥抱，合成同一颗灵魂。

森林的梯形结构

在山地梯形结构的最底下生长着高大的栗树，这使得森林的入口处非常壮观。

这类树是森林中德高望重的老族长。它们枝叶繁茂，但并不显得咄咄逼人，中央的那棵大树虽不昂首天外却极其广袤，朝四面蔓延，舒展开去竟有五六棵栗树的距离。幸福的后代在老树历尽磨难的旧伤瘢上萌发成长，使老根越发巩固。无论怎样千疮百孔，这原先的主干总是百年常青，愉悦地俯视着儿孙。幼树紧紧依偎在老树身边，垂条葳蕤，有时就相互联结在一起。由此引起一种异样的、甚至可以说是奇妙的生态，令人看上去灌莽蓊郁，庞大无比。这又算什么呢，这正是亲子之间的天性至爱。孩子们总不能一下子离开为了他们而长年辛劳的母亲，离开她温柔的怀抱。

栗树需要空气和空间，它适宜在林中的空地上生长。叶片，绿映映地舒展开来，贪婪地吸收阳光。尽管是浓荫森森，它们的枝叶依然显得青葱明丽，间隔均匀，不致彼此覆盖，遮住别的叶子的光照。栗树最喜欢花岗岩、砂岩的沙粒，它的根部在这些沙石间感受到热的辐射；它不怕熔岩，就扎根在温暖的熔岩上，深深钻入其中；它用光泽闪烁的矿渣在自己周围筑起一道反射热量的热灶。在我们奥凡尔涅的死火山上，栗树的根总是扎在火山口，甚至伸进它的大嘴巴里面去，那边的山口常常点缀着青春洋溢的一片翠色。

它爱火山和火山的废墟。在齐阿凡那[①]附近，在热气腾腾的山谷深处，有一个栗树林占据着贡托山的一大片令人生畏的崩塌下来的土石块堆。六十尺高的堆积物直到今天还覆盖着千泪村[②]。这里有碧绿的栗树岸然挺立。

真正的密林实在还得数山毛榉。尽管它厚厚的叶丛使地面蒙上了过多的浓荫，然而却显得异常欢快，逗人喜悦。人们信赖它，穿过粗大的枝柯，跟着它一道登上高山。山毛榉啊，维

① 意大利塔善州的一个小村庄。
② 千泪村已经被火山熔浆所吞没。

吉尔曾经描写过你，你曾经为蒂铁尔遮过荫[①]，也可以在北方找到；没有什么地方比丹麦哈姆雷特的故乡，那个雾气弥漫的岛上生长的山毛榉更高大更红火的了。这是欧洲的树木中长得最平衡、最匀称的一种，在我国各地都适宜生长。

因为它要供应那么多树叶的需要，因此不得不从地下大量吸收养分，向四面八方延伸它的根须，努力寻觅。然而它对其他树木并不过于专横跋扈。它容忍白蜡树在激湍的河边生长，流水和烟雾同时也滋养了它的另一个小兄弟——形态秀美的椴树。在沙土里站着的是桦树、欧洲山杨树，它们总是迎风款款摆动，淡白色的枝叶仿佛怀着无限忧郁，渐渐冲淡了山毛榉的那份喜悦欢腾的色调。

山毛榉对着森林微笑，对着庐舍微笑；它在那里燃烧，喷射出火花，把林子染成点点樱桃红色。山毛榉是农民的骄傲，农民用它制作乡间穿着的漂亮水鞋。有不少南方歌谣即寄兴于此。

山毛榉的树叶亭亭如盖，浓密得足以上遮天日，但却下不蔽地。在它下面很少有草木、花卉生长，蕨和白色的绣线菊几乎是唯一的植物，悄悄畏缩在那底下阴湿的地里。它容忍这类

① 古罗马诗人维吉尔在他的《牧歌》中描写过牧人蒂铁尔躺在一棵山毛榉树下面入睡。

植物，它的树荫造成的影子又大又繁茂。在枝柯的轮廓上，人们清楚地看到它们在奋力争取空气和阳光，人们看得出它的意志和渴望，那样子仿佛一个人在活动。

大概是因为感到寒冷，它为了呼吸得更畅快些，于是才拼命向上猛长的吧。这里有着许许多多的意外遭遇。严肃而骄傲的山脉，以它无穷的频繁变化抑制住山毛榉，免得它随心所欲，窜得太高。尽管五月里它准备悄悄露出它的嫩叶，但也时常受到外界的粗暴袭击。

山下的栗树和山上那些含树脂的树木生长环境都挺好，它们简直永不凋零。栗树通过它周围的孩子们不断恢复青春，跟他们一道生气勃勃地生活着，根本就死不了。杉树和松树因为内含树脂，所以能冒着朔风且不怕种种残害，挺立在严寒之中。这些树木的经济生命是无涯的，树脂绝不外溢，也不大向叶片输送（杉树能保持树脂达十年之久）。山毛榉毫不吝惜，每年春天树下落叶如海。它以它树皮里所潜藏的顽强生命力与千万种灾难创伤对抗，永远年轻、愉快。

山脉的强大生命，它那广袤的环围中茁壮的生命是跟两种完全不同但交往密切的树木之间的友谊紧密联系着的，这就是绿色的山毛榉和黑色的杉树。山毛榉总是欢笑，而杉树则总喜欢哭泣，但这没有什么。它们都生长在同样的高度上，有时我们看到它们杂栖共处，但更经常的是比邻而居。它们共同分享一个区域，山毛榉常生于向阳的南坡，杉树更聚集在北侧没有阳光的坡地上，一直延伸到深谷。那儿地势低下，潮湿，雾气沉沉。身材高大的白杉树穿着双色孝服，里面雪白、外表黢黑。它那颀长而强壮的树干，张开欣长的梳子一般的深色枝叶，枝上堆满积雪。有时枝柯过重以致折断，也不免在高贵的痛苦中呻吟，但是它却总是那么庄严自若。

难道说它是巨灵？某些时候人们会这样想。它有时披一身水晶瓔珞宛如一只奋翼翱翔的飞鸟。在南方，人们总觉得它阴森惨凛；但在北方，很受人们珍爱。从波罗的海沿岸，从普鲁士沙地到西伯利亚荒原，这种树是人们强大的屏障和慰藉。枝叶委地，矗立在带着保护意味的黑夜里十分神秘，它是普天下多少短暂生命的古老家园啊。在那种严酷的环境里，有多少生命就因为没有它的庇荫而逝去呢！像坟茔一样岑寂、单一、无限，总是那么雷同，没有变化，因此它更能隐藏到处流浪的不幸者。人们可以在杉树林海中连续跋涉七百里，在它乌黑的胳臂里会像松鼠一样感到安全可靠。这棵树正向着南方凝望，它像罗盘那样转过枝柯，指引逋逃之客。它多少回掩护、指引、救助了流亡者啊！

昂加蒂纳

昂加蒂纳是欧洲最高的地区，于此不仅可俯瞰意大利境内齐亚凡纳、科摩[①]诸城，甚至蒂洛尔省风光亦尽收眼底。此地有上百个湖泊和三百个冰川，这大大丰富了莱茵河、阿达河，尤其是应河的水源，诸川汇集，其下游即闻名于世的多瑙河，漫漫流程七百里，注入黑海。北方和南方的烈风穿越昂加蒂纳，风势经常是猛烈的；东边的风从贝尔尼那冰川直掠过来，与北方的风力旗鼓相当。我看只有西方无风。

如果你想精确地测定这座山的高度，则必须从意大利齐

① 意大利伦巴第地区的一个城市，在米兰北面。

亚凡纳上溯科摩河至维科-索勃洛诺，在栗子林、葡萄地之间进行。这样，人们就得在马洛牙那极其陡峻的大坡地脚下，穿过杉树林盘旋而上，在走完杉树林之后，还得向上攀登。最后人们终于到达险戏的峰顶，罡风时时刮来，令人愁苦。猛然一回头，就瞥见那座雅可布天梯[①]。

但是相反，每当我们从于利埃山口过来，因为我们所在的地方比较低，往往会觉得这斜坡本身就是一座高山。位于西北方的西尔瓦-勃拉拿[②]真是一个美丽的村庄，很干净，外观极其富饶，一排排白色的房屋仿佛在迎接你的来临，殷勤地向你敞开胸怀。三个碧绿的小湖泊，岸边镶着落叶松，松林倒影映照水面，在阳光照耀下显得十分欢畅；四外诸峰壁立，予人以一派肃穆之感。这些湖泊中有两股激流经过，清澄见底，于健康其多裨益。唯若以阿尔卑斯山区景物来衡量，整个场面并不大，而格局却颇为匀称有致。从正面观察，圣—摩里兹游客众多的温泉浴场非常宽阔，阳光普照，朝着我们微笑。圣—摩里兹位于山腰，距离里埃麓堍很近，这是一个人口相当稠密的小市镇，有不少店家和小商贩。山峦几乎俯临整个涧谷并把它分

---

① 《圣经・创世纪》里说：雅可布曾梦见在这里出现一长梯直上天空。
② 昂加蒂纳山谷的一个大村子。

隔开来，在它的前面和后面，人们都能远瞩到一望无际的湖水、草地和树林。落叶杉具有那种涂抹在儿童玩具上的翠绿色，令人愉悦。在这块枞树和粗硕的云杉都不能生长的地方竟能觅得这片嫩绿，这份青春气息简直叫人惊叹不置。然而最让人啧啧称奇的还是它单薄的树荫底下长满了阿尔卑斯山上稀有的花卉。这里跟别处一样，遍地都是草原上的雏菊，最为植物学家所珍视的（他们为此不惜历尽艰险，重金购买）是黄色的银莲花。这种花在这儿多极了，车轮过处，所在都有。在一处朝东的山坡上，这些神奇的花儿在这黄昏时分（现在是午后五六点钟）已经照不到阳光了。它们不靠日光映照衬托，其自身的美丽即足以令人倾倒。花枝在轻柔的淡影下显得异常神秘，朝着公路一边倾侧过去，她们仿佛一双双眼睛，一双双大眼睛凝望着我们。

多么动人的景象，这份异样、精致、千金难买的翠蕊奇葩（永远也不会降临到我们的花园里呢）竟孤零零地开放在这片荒凉寂寞、多少凡卉无法到达的地方。过了圣-摩里兹，峡谷愈加宽阔、巨大，变得异常肃穆起来。沿湖有两三个雅洁的村子络绎在天边出现，村子之间就是草原。一路上未见房屋，既无农田又无工厂。就像人们站在峰顶（如里齐山[①]）一样，这里是一派崇高、伟岸的岑静，一点声音都没有。不过主要的不同处是在里齐山人们可以看见阿尔卑斯的巨灵们傲然挺立在荒无人烟的草原上，可以远望西尔贝格或是琼格弗洛。在这儿，景色虽然很美很宽广，却是一种沉思默想。贝尔尼那山重峦叠嶂，离此不远，还有无数冰川、流泉，可是人们只能从空隙处隐约窥见。千崖翠黛都掩映在某些屏山云岭的后面，那儿庞大无比，任凭人们到处寻觅，但却不知它在何方。

到了塞勒里那，这里的地势比圣-摩里兹卑下，一马平川，湖水蒸腾，完全处于一片山岚烟景之中。

萨马当人烟较密（我估计约有四百家），但是没有邮局、法院和学校。这儿是上昂加蒂纳的首府。建筑都很整齐，许多高第豪门府邸外面均砌有富丽堂皇的石阶，并且还配上了铁或铜质的栏杆，精致花哨的大铁栅门（常常是上个世纪兴建的），俨如王宫。

大约清晨四时，我静悄悄地起了床，一会儿我走过去，透过湿润的窗玻璃，凝望这一地区。在不太高的岗峦之间，植被有深有浅，颇不均匀，其所受到阳光照射的程度也不尽同。

---

① 里齐山俯临卢塞恩湖，由此可望见阿尔卑斯山顶峰。

峡谷、草原和小湖以及它的树林都被笼罩在低沉匝地的水汽下面，蜿蜒曲折，四处蔓延。一切呈现出某种忧郁、肃默的神秘感觉。这是夏天，但又不是夏天。渐渐，太阳升起来了，于是我看清楚了萨马当的位置，在公路交叉的汇合点上，主要的那条干线沿着湖滨，从马拉雅到蒂洛尔另外有条横线，我看到它直上朋特雷哲纳，右边紧紧倚傍着连绵不断的贝尼那诸峰。一些小规模的德国谷物和意大利酒类的贸易常在这儿进行。

在朋特雷哲纳住下。这地方位于贝尔尼那公路线上，可以眺望罗撒格——这个著名的冰川离此不远，就在我们脚下有几道激流汇合在一起。我们在傍晚前，大约午后四时左右出发。外面吹拂着凉爽的西风，从于利埃高地射来的一抹夕阳又让风变得暖和了些。猛然间我看见了什么，感到一震。人们正在把桥栏杆盖上小木板，以免时而结冰、时而化冻的这种剧变会使水泥开裂。这可真令人神往，我感觉到这冰雪载途的隆冬天气真是可怕，这儿的湖水都冻得僵如岩石，真有点西伯利亚的味儿。然而还不仅如此，更厉害的是，一会儿大太阳叫人想起邻近的意大利，一道道强烈、酷热的光简直像斧头一样锋利，在冰雪覆盖的土地上把万物都晒得爆裂开来，扫个精光。

这块高原上有三千人，如果不是从别处迁移过来，我想这儿原来几乎不会有人居住。什么生活必需的东西都没有。每年不只有七个月大雪封山，而且往往突然一下子变成炎夏。种黑麦全靠老天帮忙。也有时人们会试着种上些大麦，我就曾经在朝南的山坡褶裥里见过，掩蔽得很好，但这可是极少而又靠不住的事儿。牧草主要是人工收割，不用长柄镰刀。草长得不高，但味道鲜美，有一股甜味（自然，草丛中有不少野花）。正由于这个缘故，此间出产上好的乳制品，唯产量不大。奶油和乳酪不够，大家就到别处购买。

在树林里干活，还有一些拖运工作，这里的人们所能做的就是这些了。于是，流浪他乡已成了一条生活规律，成了当地人注定的命运。

在贝尔尼那采集标本

昂加蒂纳有句俗谚，说是：“九个月冬天，三个月地狱”，这话可真有点叫外地人吃惊。夏季，在这么高的地方，倒也并不炎热。今年的这个季节还挺冷呢，七月里还得生火。

每天早晨，不管炉火多么暖和，外面多么寒冷，我总要出去走走。这么丰富的植物宝藏就在身边，又怎不叫人动心。我现在已经置身六千米的高地，只要再攀登两千米，就能毫不费力地把亚平宁山脉的高山植物饱览无余了。

直到如今，昂加蒂纳仍然有不少人迹罕至之处，荒山野谷，沟壑深藏，无人知晓。那里唯一的游客是风，是太阳，简直是精灵们的秘密王国。我一直在寻觅的正是这个。我需要一个地方，一片无人凝视过的地平线。如果说有谁熟悉此地，那么只有一个人堪称里手，他就是柯拉尼。他是一位著名猎手的儿子，晚年时成了一位植物搜集家。任何一种花首先就属于他，到了时候他会去摘取——他晓得在贝尔尼那的某个漫无人迹的山坡上某一种花即将开放。

他本人也急于想再看看这片高地。今年的春天姗姗来迟，积雪几乎都还没有融化。他准备再登此山，比我还要着急。气候凛冽，在这高原地区，风不断地变换方向，一天要变好多次。有时夏天也像春寒料峭时那样狂风大作，每天夜里都结冰。我们动身的前一天，太阳西沉时被一团奇异的、翻翻腾腾的雾气遮没了（这可不是好兆头）。柯拉尼预测不会有什么好事，他一言不发。只听他嘴里不断自言自语，嗫嚅着一些陌生的花草植物的名字。

我四时起床，六时前收拾停当。天色阴沉，朔风劲吹，扫荡着才开始降落的雪花。管它呢，我们还是出发。我乘坐一辆小小的山车，前面敞着，一动不动，风势锐利而又捉摸不定，就像无数细钢针似的往人身上乱钻。

我右首是贝尔尼那群山。透过震颤着的绿色aroles林丛，我望得见它那白色的树梢。左首更显得乏味、无聊，童山濯濯，万笏朝天。但那上面并无积雪，非常冷漠，似乎并不好客。我们朝前走了一程，顶着迎面吹来的风，不得不放慢速度。公路上行人稀少，今天是礼拜天，他们赶去听牧师布道。我看到一个面色苍白的女子，这么冷的天还在外面跋涉，感到十分惊奇。

我们到达一家客栈，像萨马当的旅馆一样，叫作贝尔尼那旅馆，远远望去非常壮观。上面是冰川，呈现在你面前的这整个裸露的冰川，皎洁玲珑，空镂出千万条碧玉尖棱，扑面而来，予人以过分沉重的感觉，只要看上一眼心里就像冻僵了似的。

在这黯淡愁苦的日子里，没有什么比逐一观察这些巨灵更觉崇高的了。群峰阴森森地像白色幽灵似的浮现在铅灰色的天空下。只有一个黑点，贝尔尼那峰尖尖地耸立着。公路两侧，远古的冰川扔下了一堆乱石。我们仿佛是在死人中间行走。尽管在七月里，旅店还是像为避严冬天气的暴风雪而建起的庇护所。没有人迎接我们，门都紧闭着，屋里燃着大火炉，我不知道这里怎么会这样万籁无声。女老板可怜我，把我们塞进老厚的被褥里。我们就这样进入了山谷。

这里，就像被一个邪恶的仙女用手指点了一下似的，树林突然都止住了。风景失去了整个天边；两座高山之间愈来愈窄，愈加挤轧。山谷实在不如说是一条通向斯特莱塔山口的窄狭长廊，小径崎岖难行。那下面极低的地方，有一股淡青色的泉水汩汩流过。大型马车不能再往前走了，我们在贝尔尼那搭乘了一辆翻晒干草工的车子。雪地阻住我们，我怀着一份又害怕又坚决的孩子般的喜悦越过了雪地。

大地和天空有着多么鲜明的对比啊！浩大的严冬从这凶狠的天空向着我们走来。雪霰纷纷代替了雪花，风猛刮着，抽打着人的脸面。万物在我们头上黯然含悲；在我们脚下，那雪地边沿，倒是一片生气蓬勃的景象。无可比拟的春季牡丹斜倚着，她一身淡淡的丁香色泽的装束。好时光已经逝去，但是她仿佛还沉睡在良辰美景的梦幻之中。欣长的金黄色丝绦，轻柔、含着电似的落在她的身上，护住她——在这座山间牧场里，我向着一个温柔可爱的灵魂致敬，她使我在这满目荒芜的地方看到了上帝。

一切逐渐在我们面前闭拢，荒漠开始了。到处一片岑寂，但是却如此接近这永恒的冰雪，这简直是在死去的自然的门口！

我的向导移动着健壮有力的脚，在我前面走；他跋涉过的山川太多了，丝毫也感受不到一个初来者的激动心情。因为人们对于伐木和猎取岩羚羊都很喜欢，大家仿佛看到了黄褐色的影子从眼前奔驰而过。每次有所捕获，他都为自己和牧神的某些东西大笑。这些花也是一分收获吧。

虽然天空如此黯淡，如此愁苦、寒冷（这生命的仇敌啊），但高山的花卉却在空气中散发出香气。瑞香花，仿佛丁香的颜色，香味也极相似，有一种醉人的馥郁气息。靠近它的地方，香子兰在淡淡的草叶间冒出她猩红的穗穗。没有永久不散的香气。即使那些偃卧在下面的水生植物丛，也送来它好像仍然沉醉在爱的芬芳里的灵魂回忆。

蓝色的龙胆花已经萎谢，早已关上了它的蒴果。但在草地上，一片巴伐利亚龙胆还盛开着，璀璨夺目。它那些翡翠色的星星摇曳生光。在这悲苦的日子里，这是荒原上的唯一欢乐。她使失去神采的天空恢复了青春，让我又看到了一个深邃而富于变化的穹苍。

这地方十分萧瑟。我一点也找不到要求松树庇荫的林奈花。她是树的女儿，在树荫底下，她把那起伏如波的衣裙披在山崖上，点缀以淡淡、细小的红色铃铛似的花朵，只要有一丝微风，她就不住地摇曳。不过有些在于利埃、斯勃路根常见的花卉（比如勿忘草和长梗月季），在这儿我却没有看到。这里山坡陡峭，没有那种含发酵的肥水和足以使花枝茂盛的泥炭层。

这些花各有妙法以应付命运。龙胆能及时开合，颇有分寸地安排其枝茎的繁疏，为了对付寒冷、暴风雨，它常常自己疏去一些枝柯。聚伞圆锥花序的风铃草，即使遇上风，果实也不会脱落，反而把它们像穗子似的紧紧拥在自己周围，看上去活像一簇蜂巢。别的一些花，叶片作环形丛生在新长出的枝茎上，匍匐地面，既是奶母又是供应者，她们天生具有这份智慧。只要她们的婴孩——那些花儿，在晴天向着阳光秀发出一枝，贪馋地畅饮日华，她们就会因此死去。

不过这块粗砺的地区却是一处隐居之所。那些高山顶巅的小小侨居者为暴风雪卷走，跌落到这儿，准能找到比较可靠的庇护。她根据本身需要的水、热和光线安顿自己，确定方向。但是在这儿寒冷并不少些料峭之感，冬天会突然降临（甚至在七月里）。可怜的小小植物，它是为了挽救厄运才做一次旅行的吧！

在酷烈的朔风袭击下，许多早开的花早就消失了。风在狭长的山谷中比在山顶上还要强劲，风一股劲儿地鞭挞着。而高山钟花，凭着她的柔韧向这山野的神灵挑战，企图挣脱残酷的命运。

柯拉尼已经完全把我忘了。他离我很远，失落在崩坍的山崖迷宫里。我就一个人，孤单单的一个人；我找到了我所寻觅的东西，这就是山的忧郁。但是我没有预想到这番岑寂的凄凉。半明半暗的、灰白色的天空中毫无动静，空中没一只鸟儿，没一只小蠓虫漾出生趣。蓦地一声呼哨，真叫我毛骨悚然（原来是一只受了惊的旱獭），随后，荒漠就不再那么沉默了。这儿没有小溪，没有潺潺流水。远处有激湍低声呜咽。只有空气被扰乱了，悄悄地呻吟着，过了一会儿又有声嘶叫，迸发出某种深深的哀怨。

我一点也不害怕，只是有一个纯然属于灵魂的感觉，单独跟它一道，穿越过无限，回到上帝那儿去。

爪哇的火山

爪哇有两个面。南面是大洋洲，这里有纯净的气流，活珊瑚和石珊瑚形成的山崖。北面仍然像那种不适宜于健康的印度某些地区，一种黑色的冲积层土壤由于大自然本身的强烈作用在骚动、变化，时而构成，时而解体。富饶的班丹[①]城被抛弃了，只剩下一堆瓦砾。豪华的巴达维亚成了一座规模恢宏的废墟。在上个世纪的三十年中（1730—1752），火山吞噬了一百万人，仅1750年这一年，死亡人数竟达六万。现在这里的火山才渐收敛，平息下来，不那么可怕了。

---

① 班丹：在爪哇北海岸，荷兰人当初入侵时先在此定居。

这里有不少远古时代的动物，看上去它们总是一派阴森森的模样。夜晚，空中掠过在别处见不到的毛茸茸的巨大蝙蝠；白天，即使在正午，也会出现那种混沌初开时的景象，带翼的蛇、奇异的飞龙等等。许多野兽遍体黑毛，跟周围山峦黢黑的玄武岩浑然一色。虎也是全身黯黑，这可怕的牲畜仅仅在1830年就吞食了三百人。在这些平地的恐怖上面笼罩着火山那更大的恐怖。它们似乎也像生物一样存在着。古代人意欲让它们平静无事，于是就为它们建立寺庙供奉（我们在一座山崖上就看到四百座坍塌了的庙宇）。它们也有神像、祭坛。惧怕创造了艺术，现存的这些雕像表明了马来人的恐惧，也显示出他们的机智和双手的灵巧。

这些火的巨人与众不同，它们都有自己的名字。在印度神道里，像《罗摩衍那》①中的主人公们就是这样。有的诞生在一处奇异的沙漠中间，被镶嵌在泉水源头，但后来却穿透了坚固的水晶，破壁而出；有的在温泉里翻腾不已，那泉水虽已在小池塘中冷却，还仍然保持热度，波澜荡漾；还有的倾倒下一湖奶，一片魔幻的白色。在别的地方，总是涌现出无数巨大的咸味泉水的泉眼，其中最大的一泓那么轻快地跳着、舞着，下面发

① 伟大的印度史诗。

出阵阵雷鸣的声音。她玩着硕大的二十古尺的土球，球破了，爆开了，把泥土炸得粉碎——L' Arjouna, le Rao，带着苦涩的波涛似的烟雾滚动、沸腾。在一个晴朗的早晨，L' Idjen[①]苏醒过来，倾泻成一条河。

这都是它们的古怪脾气，但又各自不同。在下面，它们似乎并不过于异样。有时这一座燃烧起来，另一座也着了火，两者相距甚远，并不接近。当这边发生地震时，常常是那边，比较远的地方，一座火山忽然熄灭，就像蜡烛被吹灭了似的。

这里的火山一个最独特的特点就是它们都具有凹槽条纹。基层是远古的玄武岩（好像是这个岛的基础），它们就喜欢玄武岩模式。那些条纹、深沟，大致模拟了这种最早的地质上的黑色结构，就像斯塔法、芬加尔柱廊[②]一样。

双重山脉东西蜿蜒，构成爪哇全岛之脊，这里呈现出许多内部的、集中的隐蔽山谷。它那些反方向的侧面山谷常常变换走向，不同的地形使得森林植被也变得多种多样起来。下面，一种石珊瑚土壤不久之前还是有生命的。稍微上一点，是花岗岩的基部和肥沃的废墟、火山的岩浆。在这广阔的梯形上，从

---

① L' Arjouna, le Rao, L' I djen都是爪哇的火山。

② 两者均是苏格兰北部赫布里底群岛上著名的玄武岩洞穴。

海洋到高山，具有六种不同的气候条件，生长着从海洋植物、沼泽植物一直到阿尔卑斯山的各种植物。美丽的梯形，每一梯级都很富饶丰盛，一级一级地丛生着主要植物和一些过渡性植物，既无空缺，也没有突然的跳跃。我们登上山去观察，但谁也无法在这六种气候之间划出严格的界限。

从最底下瞻望印度和沸腾的巨锅，红树收集了水蒸气。不过，朝着大洋洲和百岛的世界，椰子树高高耸立着，足蹈碧波，轻柔地在凉风中不住摇曳。

棕榈树不多。在竹林和橡胶树之上，有着爪哇珍贵的腰带——著名的爪哇雨林。一律是柚木，这是世界上最好的树木，像树木的佼佼者——永不朽蚀的柚木。那样子像是一种躯体伟岸的悬铃木，一种壮美的枫橡树。

山的死亡

在一切道路中，我最喜欢历史上人们走过的康庄大道，比如说要进入意大利，我比较喜欢的还是那些坡度平缓的古道——这种自古有之的官道，如塞尼斯[①]、圣哥达[②]等都是，而不是森布隆的那种陡峻的坡路。倘若要去昂加蒂纳，我也是走从于利埃[③]经过的通常路径。我宁愿放弃另外一条途经斯芙吕加的路，那条路固然很好，但是它简直令人困倦，我看不到使我感兴趣的东西。直至与瑞士格里宗相对，这下我才算进入了

---

① 阿尔卑斯山脉的一部分，地处沙伏瓦至庇埃蒙之间。
② 在瑞士南部。
③ 于利埃在昂加蒂纳西北。

意境绝佳的地方。

于利埃这条路四季通行，因此人们总是选这条路。远在裘力斯·恺撒以前，这条路就这样称呼。据说，这个民族曾以奉献给凯尔特人的某位神祇的名义，在最高的山巅上安置了两根长长的糙石巨柱。在这儿还可以找到往昔占领过本地区的古罗马人的钱币，这说明当时罗马人经常路过这里。

中世纪时，十字军、商贾或朝圣者都取此通路，只有莱茵河苏阿卜地方的人，在前往威尼斯（这是东方的大门）时是向希腊或是埃及、塞浦路斯、耶路撒冷一带走。

在距离古代格里兹三州加盟处稍后一点的地方，景物愈益佳美，开阔雄奇。人们总是从下面走，或左或右，山泉急湍，壮丽非凡，泡沫四溅，涌注跳跃，形成飞瀑，一一投入深涧。面对此景，你不由得感到头晕目眩。水甚纯净，清可见底，仿佛染上了一层青黛，与深湛的莱茵河恰成强烈的对照。平常人们看到这莱茵河几乎像青石似的，巴塞尔或斯特拉斯堡一带的河面纯是一抹灰色。对！这清澄的激流，它就是莱茵河，未被下游乌黑的杂物所污染的莱茵河。可是，这条河猛烈地在这崩坍了的石灰岩中间冲出一条路来，它既然运载着如许漂流的碎屑，怎么会这样明亮呢？我简直不明白。我看见河流在悬崖峭壁之下，磨得半光，由于丧失了尊荣，竟毫无留恋之意。我看见四只小山羊以惊人的敏捷，带着坚韧而轻盈的雅致，冒险走下这块正在崩坍的土地，时而纵身一跃，跳向一座绿岛，不禁令人战栗。为了一撮青草竟然敢冒这么大的危险！

莱茵河的这一段居民讲意大利语，不讲德语。我们听见人们言谈中，在响亮的意大利话里夹杂着古老的拉丁罗马语[①]；荒山野坡，既无林木，又无草地，我敢说此间正由于这种充满智慧的美丽语言而变得欢欣快活，熠熠生辉。这种语言跟纤丽的花儿，跟我第一次见到的靓妙淳朴的亚平宁山的诸种植物正相映衬，相得益彰。有几个长着一双又黑又大的眼睛、十分漂亮的孩子把这种语言和花枝扔给我们。

但逐渐，这一切都终止了，孩子没有了，甚至连草也没有了，只剩下石头，一片岑寂。尽管七月如此俏丽，太阳光如此明艳，但公路上却十分凄凉。公路经过的于利埃冰斗异常宽广，其间塞满了碎土乱石。

沿着整个公路走过时，我常有个想法：山在逐渐死亡。羸弱多病的森林已经无法支撑住这片土地了。稀疏的矮树，消失了的森林残枝再也无法拖延，无法逃避死亡了。开阔的岩沟（他们这样称呼这些荒凉的、冲成了沟的场所）任凭石头泥土

---

① 格里宗地方的居民有一部分讲这种来源于拉丁语的语言。

冲过，纷纷陨落，若是说在这条路上你不必害怕雪崩，那么沙土、灰尘、碎石却时时威胁着行人。梁木碎片、乱石瓦砾能把人冲到公路下面去。这比雪块还要令人哀伤。

这些岩沟在阿尔卑斯山和汝拉山都常见到，裸露的地表常常有许多特异的规则形状，晶莹的石灰石遗留下不少石质牙槽，样子像个凄凉的干僵的蜂巢。

我们站在山冈上望见许多“魔鬼坟”（瑞士人都是这样称呼它），一堆堆乱石起伏于荒烟蔓草之间，宛如白骨。散落的枯骨没有青冢可以安息，火一般的骄阳，烈焰四射，石头都给晒得干巴巴的，什么也不到这地方来。牧羊人和猎手远远地避开它们，人们不能在上面行走。若是母牛因为被暴风雨所惊骇而窜身进入其间，在这乱石的迷宫中又怎么能找到它们呢？水流到这儿也形成不了泉眼。无数裂缝的岩石把什么都漏走了，不管是熔浆还是雨水，只要注入某一洞隙、某个窄狭的漏斗，就深深地钻进了云壑幽穴。

这险峻的基部约有四五千尺都被杜鹃花、野刺柏所遮盖住了。有时也会失误，被一点点草坪、野花所吸引。在这些花下面，水暗暗地起着侵蚀作用，到了时候，某一天，那丑陋的裸露部分就会暴露出来，那儿就什么也不能恢复了。

于利埃的冰斗，异常雄伟，上接峰顶，呈深灰色，覆盖在上面的皑皑白雪有些已经融化，这伤心地表明了阿尔卑斯山脉这座巨大的墙壁将来必然会崩溃。据我看，这儿的雪不是冰川，一片银白色的绝少。虽然今年季节姗姗来迟，但积雪都已大大地起了变化，这边翘了起来，那边则相反地在后退、凹陷，略微发黄，后来又变成黑灰，随着泥土化去。究竟是什么使这些乱石堆显露出来的呢？仅仅是雪吗？雪，还有南方的大风、Le Foehn、Le Sirocco①。风说："把沙漠暴露出来吧，是撒哈拉派我来的，我有什么办法呢？"

对我来说，雪和风，还有沙漠，我原谅它们。我只暴露人。

"我吗？"它说，"在我从未登临过的这些高山顶上，我能做什么呢？"

在高山顶上吗？什么都不能做。许多都在山坡上，在下面峰顶倚靠的阶地上。

雪大概年年会落满山顶的。那些积雪大概总是在七月间融化；不过雪堆溶裂，于是散成无数小溪。如果人类不去砍伐古老的森林，如果斧头不去破坏为我们的祖先所尊荣、今天仍然生机蓬勃的绿色栅栏，就不会汇合成激湍奔流。

在最严酷的地方，人们说："大自然断了气啦。"从前她曾

① 德国阿尔卑斯山区把这种南方的大风叫Foehn，意大利境内叫Sirocco。

经给予过生命的，什么也不会使她气馁。她有意创造出许多粗壮、坚强而不可驯服的东西，与恶劣气候抗衡，这我能说什么呢？这些东西正是在她的严酷中获得了力量。在荒凉悲怆的于利埃冰斗里，什么都已倒塌下来，那儿大概只有三间草房躲过了陨落如雨的乱石，仍然留在中间。我想，那边总还有不少树枝撑住斜坡，兴许从前是一座蓊郁的森林吧。我们总还看得见遗留下的印迹，这标记无法否认，表明那边往昔曾经有过一片密林。我满怀赞美地看着那儿的两棵松树，两棵高耸入云的红松，友爱地互相倚傍、支持着，兴许它们的根须也联结在一起吧。它们处于一块相当宽阔、栏起的空地的中心。难道这就是生活在那里的五六个可怜人的墓地吗？至少，这些珍贵的树木是他们的安慰，兴许这就是他们的钟楼，他们的教堂吧。人们很懂得，在这里庙宇可能就是这些树。它们朝天空高高伸出强有力的胳臂，仿佛是有七个支架的巨型烛台。

生活在这里的人们，就像发出一项悲哀的抗议似的，说道：“永远熄灭吧。”